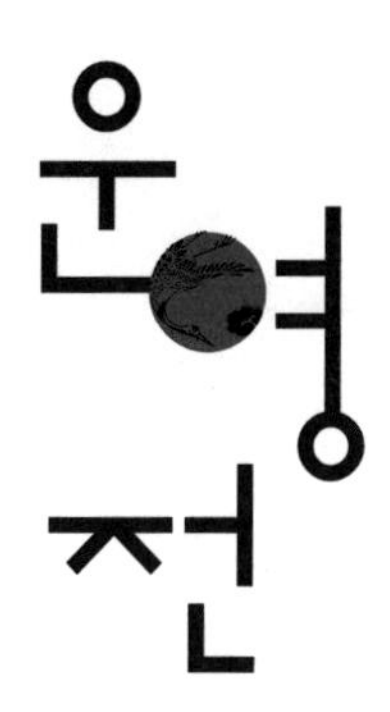
운영전

작자 미상

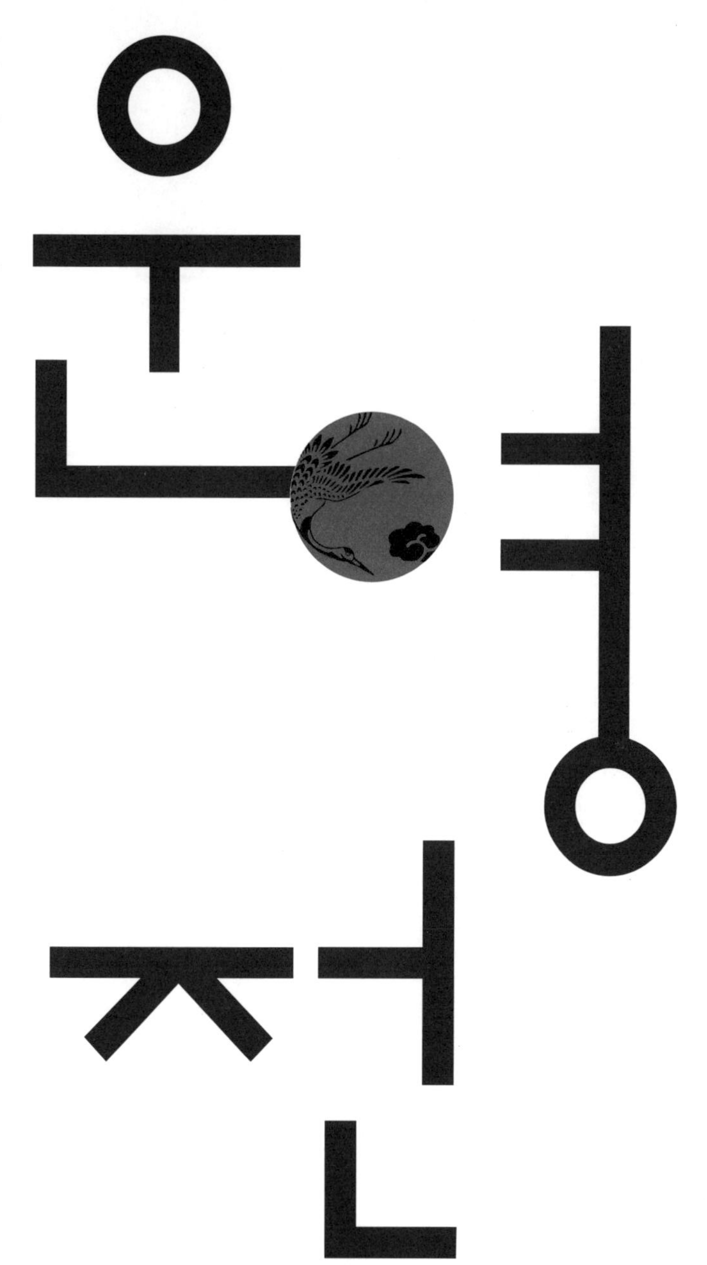

일석이조 우리고전 읽기

홍신문화사

● 머리말 ●

돌 하나를 던져 새 두 마리를 잡고, 마당 쓸고 동전 줍고, 도랑 치고 가재 잡고……. 모두 한 가지 일을 하여 두 가지 이득을 얻을 때 쓰는 말이다.

고전에, 한자에, 게다가 논술까지 공부할 수 있다면, 이는 일석이조가 아니라 일석삼조가 된다.

두 사람이 바둑을 둘 경우, 바로 앞의 수를 보는 사람보다는 한두 수 앞, 아니 그보다 더 멀리 내다보고 돌을 놓는 사람이 훨씬 유리하게 마련이다. 그런 의미에서 고전이나 한자나 논술이나 세 가지 모두 먼 장래를 내다본 포석이라고 할 수 있다. 당장 눈앞에 보이는 성과가 없어도, 꾸준히 공부하다 보면 그것이 내공이 되어 결정적일 때 큰 힘이 될 것이다.

국어사전에서 '고전'이라는 말을 찾아보면 '역사적으로 널리 인정되는 훌륭한 작품이나 저서'라고 풀이되어 있다. 고전 읽기의 필요성은 아무리 강조해도 지나치지 않다. 고전은 그 작품이 나온 시대를 대표하는 것으로서, 옛것을 들어 새것을 아는 데 고전 읽기보다 더 좋은 방법은 없다.

아무리 시간이 많이 흘러도 고전이 그 가치를 잃지 않는 이유는 그 속에 어떤 해답이 들어 있기 때문이 아니다. 고전의 참된 가치는 우리가 살아가는 데 반드시 알아야 할 삶의 문제에 가까워질 수 있도록 그 길을 열어 주는 것이다.

우리 고전에는 우리가 알고 있는 것보다 훨씬 다양하고 많은 작품들이 있다. 조선시대에 접어들면서 나타나기 시작한 소설만 하더라도 거의 4백여 편에 이른다. 이 '일석이조, 우리 고전 읽기' 시리즈에서는 그 가운데 가장 널리 알려지고 '영원히 읽을 만한 가치가 있는' 작품, 그러면서도 재미라는 요소를 빼놓지 않고 갖춘 작품을 골랐다.

우리말의 8할 이상은 한자어로 이루어져 있다. 그만큼 한자는 우리 문화와 역사 속에 깊이 뿌리를 내리고 있다. 그러나 암기 위주의 한자 공부는 오히려 한자에 대한 관심과 흥미를 떨어뜨려, 한자를 싫어하고 기피하는 현상을 초래할 수 있다.

이 '일석이조, 우리 고전 읽기'에서는 누구나 재미있게 한자 공부를 할 수 있도록 잘 알려진 고전에 한자를 삽입하여, 고전을 읽는 가운데 자연스럽게 한자를 익히게 했다.

거기에다가, 앞서 읽은 작품의 내용을 되짚어보고 여러 면으로 다양하게 생각해 보는 논술로 고전 읽기를 확실하게 마무리하도록 했다. 이와 같은 논술 공부는 장래 대학입시, 더 나아가서는 사회 진출을 위한 입사시험을 보는 데도 도움이 될 것이다. 지금부터 착실하게 기초를 다진다면, 발등에 불이 떨어진 후에 논술 과외를 하는 등 시행착오를 겪지 않아도 될 것이다.

꿈은 이루어진다고 했다. 고전의 달인, 한자의 명수, 논술의 영웅을 꿈꾸며 이 책의 첫 장을 넘겨 보라.

● 이 책의 특징 및 구성 ●

❶ 이 시리즈는 고전 중에서도 초·중·고 교과서에 수록된 작품, 그중에서도 지루하지 않고 재미있는 작품을 우선적으로 골라 엮었다.

❷ 한자는 8급부터 3급에 해당하는 1,817자 가운데(중학생용 한자 900자 포함) 각 권당 기본한자 22~24자, 단어 100여 개를 실어, 책 한 권을 읽고 나면 최소 200자 정도의 한자를 익힐 수 있게 했다.

❸ 본문 중 어려운 낱말은 주를 달아 각 면 아래쪽에 풀이해 놓았다.

❹ 본문 중 기본한자에 해당하는 말은 광수체(예 : 서쪽), 한자 단어 및 한자에 해당하는 말은 고딕체(예 : 재기)로 하고, 본문과 색깔을 달리하여 쉽게 구별할 수 있게 했다.

❺ 각 단원마다 두 면을 할애하여, 한 면에는 '핵심+'라 하여 작품의 구성, 내용, 저자, 시대적 배경 등 작품에 관계된 전반적인 사항을 다루고, 다른 한 면에는 본문 가운데 알아둘 필요가 있는 인명, 지명, 단어 등을 '알아두면 힘이 되는 상식'으로 풀이했다.

'호락호락 한자노트'로 각 면당 기본한자를 한 자씩 다루어, 부수, 총획수, 필순, 관련 단어, 사자성어, 파자, 속담 등 그 한자에 대한 모든 것을 한눈에 알 수 있게 했다.

❻ 책 말미 '부록'에서는 내용 되짚어보기, 논술로 생각 키우기, 한자능력검정시험 예상문제 등으로 작품에 대한 완벽한 이해와 함께 한자 실력 향상을 도모할 수 있도록 했다.

운영전 차례

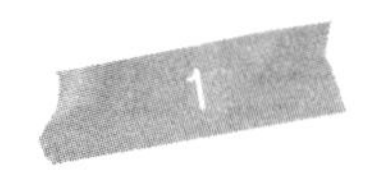

수성궁의 봄

才 氣
재주재 기운기
6급 3획 7급 10획

조선 세종 임금에게는 여덟 대군이 있었다. 그중 이름을 용이라 하는 *안평대군은 인물이 뛰어나고 재기가 넘쳐, 그 세력이 여덟 대군 가운데 가장 컸다.

안평대군이 살던 수성궁은 장안 서쪽 인왕산 밑에 있다. 인왕산은 산세가 험하고도 아름다워 마치 용이 서리거나 호랑이가 쭈그리고 앉은 듯하며, *사직단이 그 남쪽에 있고 경복궁이 그 동쪽에 있다. 인왕산의 줄기는 굽이쳐 내려오다가 수성궁에 이르러 문득 높은 봉우리를 이룬다. 그다지 높고 험하지는 않으나, 올라가서 내려다보면 안 보이는 곳이 없었다. 사방으로 통한 길과 점포며 성 안 가득한 집들이 바둑판을 펼쳐놓은 듯 별들이 늘어선 듯하여 넉넉히 가리킬 수 있었다.

동쪽을 바라보면 궁궐이 아득히 보이고, 그 사이로 임금이 다니는 윗길과 백성이 다니는 아랫길이 공중을 가로질러 뻗어 있었다. 게다가 아침 저녁으로 짙은 푸른빛 구름과 맑은 안개가 허리춤에 걸려 고운 자태를 자랑하니, 이른바 한양 장안에서 경치가 가장 아름다운 곳이라 할 만하다.

• **안평대군(安平大君)** : 조선시대 세종 임금의 셋째 아들. 시와 서화를 잘했다.

• **사직단(社稷壇)** : 국토신을 모시는 국사단과 오곡신을 모시는 국직단이 있는 곳.

한때 술꾼들은 노래 부르는 기생, 피리 부는 아이를 데리고 가서 놀았으며, 시인과 묵객은 꽃피는 봄이나 단풍드는 가을에 그 위에 올라 시를 짓고 경치를 구경하느라 돌아가는 것조차 잊을 정도였다.

墨 客
먹묵 손님객
3급 15획 5급 9획

남대문 밖 청파에 유영이라는 선비가 살았다. 그는 나이 스무 살 남짓에 풍채가 준수하고 학문이 높으나, 집안이 몹시 가난했다. 수성궁의 경치가 좋다는 말은 그도 익히 들었으므로 한번 구경하고 싶은 생각이 간절했다. 그러나 옷은 남루하고 얼굴빛은 파리하여 남의 웃음거리가 될까 봐 머뭇거리다가 가 보지 못한 지 오래되었다.

*만력 신축 춘삼월 열엿샛날, 유영은 막걸리 한 병을 샀으나, 데리고 갈 하인 아이도 없고 친구도 없었다. 술병을 차고 홀로 수성궁 문으로 들어가니, 구경온 사람들이 서로 돌아보고 손가락질하면서 웃어댔다.

유영은 부끄러워 몸둘 바를 모르다가 사람이 없는 후원으로 들어갔다. 좀 높은 데 올라가 사방을 둘러보니, 전란을 겪은 지 얼마 안 된 때라 장안의 궁궐과 성 안의 화려했던 집들은 거의 사라지고 없었다. 부서진 담, 깨진 기왓장, 메워진 우물, 무너진 돌계단 사이에 초목이 무성하고, 오

• **만력(萬曆)** : 중국 명나라 신종 때의 연호.

직 동쪽 행랑 두어 칸만 온전했다.

유영은 느릿느릿 걸음을 옮겨 **서쪽** 후원으로 들어갔다. 수석이 그윽하고도 깊숙한 곳에 온갖 꽃이 만발하여 그 그림자가 맑은 못에 비치고, 땅에 떨어진 꽃잎은 사람의 자취를 몰라 다만 바람이 일렁일 때마다 향기를 피워 올렸다.

香 氣
향기 향 기운 기
4급 9획 7급 10획

유영은 바위에 앉아 *소동파가 지은 '내가 조원각에 오르니 봄은 반쯤 지났는데, 땅 가득 떨어진 꽃잎 쓸어버릴 사람조차 없네'라는 옛 시 한 구절을 읊었다. 문득 울적하여 차고 온 술 한 병을 다 마시고는 크게 취하여 돌을 베개 삼아 바위 위에 누웠다.

얼마 후 술이 깨어 고개를 들어 보니, 놀러 온 사람들은 다 가 버리고 흔적조차 희미했다. 동산에는 달이 솟아 있었다. 안개는 버들가지를 포근히 감싸고 바람은 꽃잎을 어루만지고 있는데, 어디선가 부드러운 목소리가 바람을 타고 들려왔다. 이상하게 여긴 유영은 그 소리를 따라 걸음을 옮겼다. 한 젊은이가 절세미인과 마주앉아 있다가, 유영이 다가가자 흔연히 일어나서 맞이했다.

유영이 그 젊은이에게 물었다.

"*수재는 어떤 사람이기에 이런 밤에 놀고 계시오?"

• **소동파(蘇東坡)** : 중국 송나라의 시인이자 문장가. 당송 팔대가의 한 사람으로 이름은 식(軾). 동파는 호.

• **수재(秀才)** : 결혼하지 않은 남자에 대한 존칭.

젊은이는 빙긋 웃으며 말했다.

"옛 사람이 '처음으로 만났는데도 정답기가 오래 사귄 친구와 같다' 고 했으니, 바로 우리를 두고 한 말이지요."

親 舊
친할 친 예 구
6급 16획 5급 18획

그들 세 사람은 함께 앉아서 이야기를 시작했다.

여자가 나지막한 소리로 아이들을 부르니, 시녀 둘이 숲 속에서 나왔다.

여자가 그 시녀들에게 말했다.

"오늘 저녁 우연히 옛 친구를 만나고, 또 뜻밖에 반가운 손님도 만났으니, 이 밤을 쓸쓸하게 헛되이 보낼 수가 없구나. 가서 술상을 준비하고, 붓과 벼루도 가지고 오너라."

두 시녀는 명을 받들고 갔다가 잠시 후 돌아왔다. 오가는 것이 마치 나는 새와 같았다. 유리로 된 술단지에는 신선들이 마신다는 자하주가 가득하고, 진귀한 과일과 안주 등 모두 인간 세상의 것이 아니었다. 세 사람이 석 잔씩 마시고 나자, 여자가 노래를 불러 술을 권했다.

깊고 깊은 곳에서 옛 임 이별하니

인연은 아직 끝나지 않았는데 뵐 길이 없네.

구름이 되고 비가 되는 것은 꿈이지 참이 아니었네.

꽃 피는 봄날 애태우기 몇 번인가.
지난 일은 이미 티끌이 되었어도
부질없이 사람으로 하여금 눈물짓게 하도다.

노래가 끝나자 한숨을 쉬면서 흐느끼니, 구슬 같은 눈물이 얼굴에 가득했다.

유영은 이상히 여겨 일어나 예를 갖추어 절하고 물었다.

"내 비록 좋은 집안에서 태어난 몸은 아니지만, 일찍부터 공부를 해서 글을 조금은 알고 있습니다. 이제 그 노래 가사를 들으니 격조는 높지만 시상이 슬프니 매우 이상하군요. 오늘 밤은 마침 달빛이 낮과 같고 맑은 바람도 솔솔 불어 즐길 만한데, 서로 마주하고 슬퍼하니 무슨 일입니까? 술잔을 더해 감에 따라 정의가 깊어졌는데, 아직 이름도 알지 못하니 이 또한 섭섭합니다."

詩 想
시 시 생각할 상
4급 13획 4급 13획

유영은 먼저 자기 이름을 말하고, 상대방을 재촉했다.

젊은이가 어쩔 수 없다는 듯 말했다.

"이름을 말하지 않은 것은 까닭이 있어서인데, 구태여 알려고 하십니까? 가르쳐 드리는 거야 어렵지 않지만, 말을 하자면 깁니다."

그는 수심에 찬 얼굴로 가만히 있다가 입을 열었다.

"제 성은 김입니다. 열 살 때부터 시를 잘 지어 학당에서 유명했고, 열네 살에 과거에 합격하니, 모든 사람들이 김 진사라고 불렀지요. 하지만 젊은 혈기를 억누르지 못하고, 이 여인을 만나 마침내 불효자가 되고 말았습니다. 이런 죄인의 이름을 알아서 무엇하시렵니까? 이 여인의 이름은 운영이요, 저 두 시녀의 이름은 녹주와 송옥입니다. 모두 옛날 안평대군의 궁인이었지요."

유영이 말했다.

"말만 꺼내고 그만두는 것은 처음부터 말하지 않은 것만 못합니다. 안평대군 시절의 일이며, 진사가 상심하시는 까닭을 자세히 들을 수 없겠습니까?"

진사가 운영을 돌아보면서 말했다.

"세월이 오래되었는데, 그대는 그때의 일을 기억할 수 있겠소?"

"마음속에 쌓여 있는 원한을 어느 날인들 잊을 수 있겠어요? 제가 이야기할 테니, 낭군께서는 혹시 빠뜨리는 것이 있거든 보충해 주세요."

그리고 운영은 이야기를 시작했다.

핵심+

〈운영전〉의 문학사적 의의

〈수성궁몽유록〉, 〈유영전〉이라고도 하는 〈운영전〉은 조선시대의 고전소설 중 남녀간의 애정을 미화한 대표적인 작품으로, 첫째 고전소설의 상투적 결말에서 벗어나, 고전소설 중 유일한 비극소설에 해당된다. 둘째 봉건적 애정관을 탈피한 자유연애 사상을 보여준다. 셋째 등장인물의 개성적 성격 표현과 대화체를 사용함으로써 격이 높은 염정소설(艷情小說)로 평가받는다.

好樂好樂 한자 노트

서녘서 | 총 6획 | 부수 西 | 8급

해가 저물어 새가 둥지로 돌아와 앉아 있는 모습을 본뜬 글자이다.

西紀(서기) : 기원 원년 이후. 주로 예수가 태어난 해를 원년으로 하여 이른다.

西洋(서양) : 유럽과 남북아메리카의 여러 나라를 통틀어 이르는 말.

東西古今(동서고금) : 동양과 서양, 옛날과 지금을 통틀어 이르는 말.

偏西風(편서풍) : 위도 30~65도 지방에서 일 년 내내 서쪽으로 치우쳐 부는 바람.

내가 찾은 사자성어

동녘동 물을문 서녘서 대답답

東問西答

동 문 서 답

내용 » '동쪽에서 묻는데 서쪽에서 대답한다'는 뜻으로, 묻는 말에 대해 엉뚱한 대답을 할 때 쓰는 말이다.

알아두면 힘이 되는 상식

당송팔대가(唐宋八大家)

중국 당나라와 송나라 때의 뛰어난 문장가 여덟 명, 곧 당나라의 한유, 유종원, 송나라의 구양수, 왕안석, 증공, 소순, 소식, 소철을 가리키는 말이다. 이러한 명칭을 쓰기 시작한 것은 송나라의 진서산이 〈독서기〉에서 처음 사용한 뒤부터이다. 한편 이들은 문학에서 혁신운동을 이끌었으며, 알기 쉽고 유창한 문학, 즉 모든 사람들이 골고루 접할 수 있는 문학을 하려고 시도했다.

석삼 | 총 3획 | 부수 一 | 8급

세 손가락을 편 상태에서 옆으로 누인 모습을 본뜬 글자이다.

三角(삼각) : 각이 세 개 있는 것.

三軍(삼군) : 육군, 해군, 공군으로 이루어진 군 체제.

三寸(삼촌) : 아버지의 형제. 특히 결혼하지 않은 남자 형제를 이른다.

作心三日(작심삼일) : 단단히 먹은 마음이 사흘을 가지 못한다는 뜻으로, 결심이 굳지 못함을 이르는 말.

내가 찾은 속담

사흘 굶어 도둑질 안할 놈 없다

» 아무리 착한 사람이라도 몹시 궁하게 되면 못하는 짓이 없게 됨을 비유적으로 이르는 말.

궁인들

세종대왕의 여덟 대군 중에서 안평대군이 가장 영특하셨어요. 그래서 임금님께서 매우 사랑하여 많은 상을 내리시니, 여러 대군 중에서 가장 땅과 재물이 풍족하셨답니다.

豊 足
풍년풍 발족
4급 13획 7급 7획

열세 살에 대궐 밖에 나와서 거처하시며 궁 이름을 수성궁이라 했습니다. 안평대군께서는 공부에 힘써, 밤에는 책을 읽고 낮에는 글씨를 쓰면서 한시도 그냥 보내지 않으셨습니다. 당시의 문인재사들이 모두 그 집에 모여 우열을 다투었고, 어떤 때는 새벽닭이 울어도 그치지 않고 담론했지요. 대군은 특히 필법이 뛰어나 온 나라 안에 이름이 났어요. 문종께서 아직 세자로 계실 적에 매번 집현전의 여러 학사와 같이 안평대군의 필법을 논평하셨습니다.

"내 아우가 만일 중국에 태어났더라면, *왕희지에게는 미치지 못하겠지만 *조맹부보다는 나았을 것이오."

이와 같이 칭찬해 마지않으셨지요.

하루는 대군이 궁인들에게 말씀하셨습니다.

"천하의 모든 재주는 반드시 조용한 곳에 가서 갈고 닦은 후에야 학문을 이룰 수 있는 법이니라. 도성 문 밖은 산

• **왕희지(王羲之)** : 중국 동진(東晋)의 서예가이자 문학가. 중국 역사상 가장 유명한 서예가로서 서예를 배우는 이들에게 많은 영향을 끼쳤다.

• **조맹부(趙孟頫)** : 중국 원나라의 서예가이자 문학가. 그의 서체를 송설체(松雪體)라고 하며 특히 해서(楷書)는 당대 최고로 꼽혔다.

천이 고요하고 인가에서 좀 떨어졌으니, 그곳에 집을 지어야겠다. 거기서 재주를 닦으면 대성할 수 있을 것이다."

그리고 곧 여남은 칸 건물을 짓고 비해당이라 했습니다. 또한 그 옆에 단을 쌓고 *맹시단이라 했으니, 다 뜻을 생각하여 지은 이름이었지요. 당시 문장과 글씨로 이름난 이들이 모두 그곳에 모였어요. 문장은 *성삼문이 으뜸이었고, 글씨는 최홍효가 으뜸이었습니다. 그러나 모두 대군의 재주에는 미치지 못했지요.

建 物
세울건 물건물
5급 9획 7급 8획

하루는 대군이 술에 취해서 시녀들에게 말씀하셨어요.

"하늘이 재주를 내리실 때 어찌 남자에게만 풍부하게 주고 여자에게는 적게 주셨겠느냐? 지금 세상에 문장가로 자처하는 사람이 많지만, 그다지 특출한 사람이 없다. 너희도 힘써 공부하여라."

그러고는 시녀 중 나이가 어리고 얼굴이 아름다운 열 명을 골라서 가르치기 시작하셨습니다.

먼저 《소학언해》를 가르친 후 《중용》·《대학》·《논어》·《맹자》·《시경》·《서경》·《통감》·《송서》 등을 차례로 가르치셨지요. 또 이백과 두보의 시와 《당음》 등에서 수백 수를 뽑아 가르치시니, 오 년 안에 모두 대성했지요. 대군은

• **맹시단(盟詩壇)** : 시를 좋아하는 사람들이 모이는 곳이라는 뜻.

• **성삼문(成三問)** : 조선 세종 때의 충신. 사육신 중의 한 사람. 호는 매죽헌, 자는 근보.

바깥에서 돌아오시면 저희들로 하여금 보는 앞에서 시를 짓게 하셨어요. 그리고 우열을 가려 잘한 사람에게는 상을 주셨지요. 그 탁월한 기상은 대군에게는 미치지 못했지만, 음률의 청아함과 필법의 완숙함은 *성당 시인의 울타리를 엿볼 수 있었습니다.

筆 法
붓필 법법
5급 12획 5급 8획

열 명의 이름은 소옥, 부용, 비경, 비취, 옥녀, 금련, 은섬, 자란, 보련, 운영이니, 운영은 바로 저예요.

대군은 모두 어여삐 여겨 항상 궁내에 있게 하시고, 바깥사람들과는 더불어 이야기도 못 하게 하셨지요. 대군께서는 매일 문사들과 같이 술을 마시면서 시재를 다투었지만, 한 번도 저희를 가까이 있지 못하게 하셨어요. 혹 바깥사람들이 알까 봐 두려워하셨던 거지요. 항상 말씀하시기를 '한 번이라도 궁문을 나가는 일이 있으면 그 죄는 죽음에 해당할 것이다. 또 바깥사람이 궁인의 이름을 알게 된다면 그 죄 또한 죽음을 면치 못할 것이다'라고 하셨어요.

하루는 대군이 바깥에서 돌아와 저희를 불러 놓고 말씀하셨습니다.

"오늘 문사 아무개와 술을 마시고 있는데, 상서로운 푸른 연기가 궁중의 나무로부터 일어나, 혹은 궁성을 에워싸고

• 성당(盛唐) : 중국 당나라 시사(詩史) 중 가장 화려했던 시기로 이백, 두보, 왕유, 맹호연 등이 활약했다.

혹은 산봉우리로 날아가기도 했다. 내가 먼저 오언절구를 읊고 손님에게 *차운하라고 했는데, 하나도 마음에 드는 것이 없었다. 너희가 나이 순서대로 각각 시를 지어 보아라."

順 序
순할 순 차례 서
5급 12획 5급 7획

그래서 먼저 소옥이 지어 올렸어요.

푸른 연기는 비단같이 가늘어
바람 따라 문으로 들어오네.
짙어지는 듯 엷어지니
어느덧 황혼이 가까웠네.

• 차운(次韻) : 남이 지은 시의 운자를 따서 시를 지음.

부용의 시예요.

하늘로 날아 멀리 비를 몰아오니
땅으로 떨어졌다 다시 구름이 되도다.
저녁이 다가와 산빛은 어두운데
그윽한 생각은 초나라 임금을 그리네.

暗
어두울암
4급 13획

비취의 시예요.

꽃 속의 벌은 기운을 잃고
대밭이 빽빽하니 새가 깃들이지 못하네.
황혼에 가랑비 내리니
창 밖에 소슬한 소리를 듣노라.

비경의 시예요.

작은 은행나무 우거지기 어려운데
외로운 대나무는 홀로 푸르네.
가벼운 그늘은 잠시 무거워 보일 뿐

해가 지면 또다시 황혼이 오네.

옥녀의 시예요.

해를 가린 얇은 깁은 가늘고

산 옆으로 비낀 푸른 띠는 길기도 하네.

미풍에 불려 차츰 사라지니

남은 것은 마르지 않은 작은 연못뿐이구나.

금련의 시예요.

산 밑 가득 연기가 모여들어

궁전 나무 옆을 비껴 흐르니

바람에 불려 몸을 가누지 못하는데

넘어가는 해가 하늘에 가득하구나.

은섬의 시예요.

산골엔 검은 그늘 일어나고

못가에 푸른 그림자 흐르네.
날아가 버려 찾을 길 없더니
연잎에 구슬 같은 이슬로 남았도다.

露
이슬 로
3급 20획

자란의 시예요.

이른 아침 동문을 향하여 어둡고
높은 나무에 비껴 있더니
잠시 후 홀연 날아올라
서쪽 산 앞 냇가로 가 버리는구나.

저의 시예요.

멀리 바라보니 푸른 연기는 가늘고
아름다운 사람은 깁 짜기를 그치네.
바람을 대하여 홀로 슬퍼하니
날아가 무산에 떨어지리라.

보련의 시예요.

골짜기는 봄그늘 속에 있고

장안은 물기운 속에 있네.

능히 세상 사람을 오르게 하여

홀연 취주궁이 되도다.

핵심+

액자식 구성

〈운영전〉은 꿈속에서 일어난 일을 글로 옮긴 몽유록 형식의 소설로서, 비슷한 작품들과 마찬가지로 액자식 구성을 취하고 있다. 액자식 구성이란 소설(외부 이야기) 속에 또 하나의 이야기(내부 이야기)가 포함되어 있는 방식을 말한다. 〈운영전〉에서는 유영에 관한 이야기가 외부 이야기며, 김 진사와 운영에 관한 이야기가 내부 이야기다.

好樂好樂 한자 노트

푸를청 | 총 8획 | 부수 靑 | 8급

초목의 싹이 나올(主) 때에는 붉지만(丹) 자라면 '푸르다'는 뜻이다.

靑果(청과) : 신선한 과일과 채소를 통틀어 이르는 말.

靑年(청년) : 젊은 사람. 흔히 젊은 남자를 이른다.

靑春(청춘) : 스무 살 안팎의 젊은 나이를 비유하여 이르는 말.

丹靑(단청) : 옛날식 집의 벽, 기둥, 천장 따위에 여러 가지 빛깔로 그림이나 무늬를 그림. 또는 그 그림이나 무늬.

내가 찾은 사자성어

푸를청 날출 어조사어 쪽람

靑出於藍

청 출 어 람

내용 » '쪽에서 뽑아낸 푸른 물감이 쪽빛보다 더 푸르다'는 뜻으로, 제자가 스승보다 더 나음을 이르는 말.

알아두면 힘이 되는 상식

사육신(死六臣)

조선시대 단종의 복위를 도모하다가 수양대군(훗날의 세조)에게 발각되어 죽음을 당한 여섯 신하인 성삼문, 박팽년, 이개, 하위지, 유성원, 유응부를 말한다. 이들을 '사육신'이라고 부르게 된 것은 생육신(生六臣)의 한 사람인 남효온이 이들 여섯 신하의 전기인 〈육신전〉을 지은 데서 비롯한다.

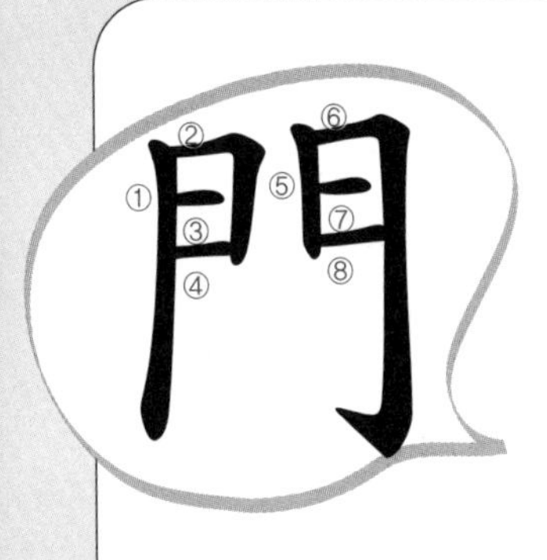

문문 | 총 8획 | 부수 門 | 8급

두 개의 문짝을 닫아 놓은 대문을 본뜬 글자이다.

門中(문중) : 성과 본이 같은 가까운 집안.

家門(가문) : 가족 또는 가까운 일가로 이루어진 공동체. 또는 그 사회적 지위.

水口門(수구문) : 성안의 물이 성 밖으로 흘러 나가는 수구에 만든 문. '광희문'의 다른 이름.

門前成市(문전성시) : 찾아오는 사람이 많아 집 문 앞이 시장을 이루다시피 함을 이르는 말.

내가 찾은 속담

문틈에 손을 끼었다

» 매우 곤란한 경우를 비유적으로 이르는 말.

難
어려울 난
4급 19획

대군이 보고 나서 크게 놀라 말씀하셨지요.

"*만당의 시에 비하더라도 우열을 가리기 어려울 거야."

그리고 여러 차례 읊으셨지만 우열을 정하지 못하셨습니다. 얼마 후 말씀하셨어요.

"부용의 시는 초나라 임금을 그리워한다는 것이 대단히 잘되었다. 비취의 시는 전보다 멋있고, 옥녀의 시는 세속에 얽매이지 않고 마음 내키는 대로 하여 끝 구절에 은근하게 남은 뜻이 있으니, 이 두 시로 마땅히 으뜸을 삼아야 하겠다. 내 처음 볼 때는 우열을 가리기 힘들었다. 다시 음미하여 보니, 자란의 시는 깊은 뜻이 있어서 저절로 찬탄하게 하는구나. 남은 시도 다 맑고 좋으나, 운영의 시는 슬프고 누군가를 그리워하는 뜻이 있다. 대체 어떤 사람을 생각하고 있는지 알 수 없구나. 마땅히 나무라야 하겠지만, 그 재주를 가상히 여겨 이번만은 그냥 내버려두겠다."

저는 즉시 뜰에 내려가 엎드려 울면서 말했지요.

"시를 지을 때 우연히 떠오른 생각이지, 어찌 다른 뜻이 있겠습니까? 주군께 의심을 샀으니 저는 만 번 죽어도 아

• 만당(晩唐) : 중국 당나라 시인 이상은, 두목 등이 활약하던 시기.

깝지 않을 것입니다."

대군은 앉으라 하시고 말씀하셨어요.

"시는 마음에서 나오니, 억지로 가리거나 숨길 수 없는 것이다. 다시 말하지 말라."

그런 다음 곧 비단 열 필을 내어 열 사람에게 나누어 주셨어요. 대군은 한 번도 마음을 드러낸 일이 없었으나, 궁인들은 모두 대군이 저에게 마음이 있는 줄을 알고 있었지요.

열 사람은 다 방으로 물러나와 촛불을 높이 켜 놓고 *칠보서안에 시집을 펴놓고, 옛날 궁녀들이 지은 시의 우열을 논했습니다. 저는 홀로 병풍에 기대어 수심에 잠긴 채 인형처럼 입을 다물고 있었어요.

詩 集
시시 모을집
4급 13획 6급 12획

소옥이 저를 돌아보면서 재미있다는 듯 놀렸어요.

"낮에 연기에 대해 지은 시로 주군의 의심을 사더니, 그 때문에 근심이 되어 말을 안 하는 거니? 아니면 주군의 뜻이 비단 이불 속에 있는 것 같으니, 그 즐거움을 생각하며 기뻐서 말을 안 하는 거니? 네 속마음을 도무지 알 수가 없구나."

"너는 내가 아니니 내 속마음을 모르는 게 당연하지. 지금 시를 짓는 중에 한 구절이 떠오르지 않아 곰곰 생각하느

• **칠보서안(七寶書案)** : 금·은·마노·유리·차거·진주·파리 등 일곱 가지 보물로 장식한 책상.

라고 말하지 않았을 뿐이야."

은섬이 말했어요.

"뜻이 마음에 있지 않고 다른 데 가 있으니 옆사람의 말이 그냥 귀를 스쳐가는 거지. 그래서 네가 말하지 않는다는 걸 다 알아. 내가 시험해 볼 것이니, 저 창 밖의 포도를 시제로 하여 *칠언사운을 지어 봐."

이와 같이 재촉하기에 저는 즉시 읊조렸어요.

風 致
바람풍 이를치
6급 9획 5급 10획

구불구불 덩굴은 용이 움직이는 듯하고
푸른 잎은 그늘을 이루어 풍치를 자아내는데
더운 날 위엄은 능히 맑게 비추고
푸른 하늘 찬 그림자는 도리어 밝아라.
덩굴은 뻗어 정을 둔 듯 난간에 서리고
열매 맺어 구슬을 드리우니 참으로 본받고자
만약 다른 날을 기다려 변한다면
비구름을 몰아 타고 하늘에 오르리라.

소옥이 절하고 말했어요.

"정말로 천하에 뛰어난 재주네. 품격이 높지 않아서 옛

• 칠언사운(七言四韻) : 한시(漢詩)의 한 체로, 한 구가 일곱 자로 되었다.

노래와 비슷하지만 잠깐 사이에 이렇게 지어내다니, 시인으로서는 가장 어려운 것이지. 내 마음으로 기뻐하고 복종함이 *칠십제자가 공자를 대하는 것과 같다."

자란이 말했어요.

"말을 신중하게 해야 하는데, 어찌 그렇듯 지나치게 칭찬을 하니? 다만 글이 부드럽고 날아가는 듯한 데는 있지."

그 말에 모두 고개를 끄덕였어요.

"정확한 평이야."

저는 이 시로 모든 의심을 푼 셈이지만, 그래도 미진한 데가 있었어요. 이튿날 문 밖에서 요란한 수레 소리가 나더니, 문지기가 쫓아 들어와서 고했어요.

"여러 손님이 오셨습니다."

대군께서는 동각을 치우게 하고 맞아들이시니, 모두 당대의 문인과 재사였습니다. 자리를 정한 후, 대군께서 저희가 지은 시를 내보이셨어요. 모두 놀라면서 말했지요.

"뜻밖에 오늘 다시 성당의 음조를 보는 것 같습니다. 우리로서는 견줄 바가 못 되는군요. 이런 보배를 어디서 얻으셨습니까?"

대군은 미소를 지으며 말씀하셨습니다.

• **칠십제자(七十弟子)** : 공자의 72제자를 가리키는 말.

"뭘 그렇게까지야……. 종놈이 우연히 길에서 주워 가지고 온 것이라 누가 지었는지 알 수 없소. 생각건대 거리의 재주 있는 선비의 손에서 나왔을 것이오."

대군이 우스갯소리를 하는 줄은 생각 못하고 여러 사람이 의심스러워하고 있었으나, 성삼문은 눈이 높은 사람이었지요.

"고려시대부터 지금에 이르기까지 육백여 년 동안 우리나라에서 시로 이름을 날린 자는 그 수를 헤아릴 수 없습니다. 하지만 혹은 혼탁해서 깨끗하지 못하거나, 혹은 가볍게 꾸며 조화롭지 못하여 모두 음률에 맞지 않고 성정을 잃었습니다. 이제 이 시들을 보니, 풍격이나 사상이나 조금도 속세의 냄새가 없습니다. 분명 깊은 궁중에 있는 사람이 속인과 서로 접하지 아니하고, 다만 옛 사람의 시를 읽고 밤낮으로 읊고 외워서 스스로 깨달아 얻은 것 같습니다. 그 뜻을 자세히 음미해 보면 '바람을 대하여 홀로 슬퍼하니'라는 구절은 사람을 연모한다는 뜻이고, '바람에 불려 몸을 가누지 못하는데'라는 구절은 정절을 지키기 어렵다는 뜻이고, '외로운 대나무는 홀로 푸르네'라는 구절은 정절을 지키겠다는 뜻이고, '그윽한 생각은 초나라 임금을

音 律
소리 음 법칙 률
6급 9획 4급 9획

그리네'라는 구절은 군왕에 대한 정성이고, '서쪽 산과 앞 냇가로'와 '연잎에 구슬 같은 이슬로 남았도다'라는 구절은 천상의 신선이 아니면 이와 같은 표현을 할 수 없을 것입니다. 격조에는 비록 높고 낮음이 있으나 닦은 기상은 모두 같습니다. 나리께서는 궁중에 반드시 열 명의 신선을 두셨을 것이니, 숨기지 마시고 한번 보여주십시오."

대군은 속으로는 탄복하면서도 겉으로는 수긍하지 않으셨습니다.

"누가 근보더러 시를 보는 눈이 있다고 했는가? 내 궁중에 어찌 그런 사람들이 있겠소? 의심이 지나치구려."

이때 열 사람은 창틈으로 가만히 엿듣고는 탄복했지요.

그날 밤 자란이 저에게 조심스럽게 말했습니다.

"여자로 태어나서 혼인하고 싶어하는 건 누구나 마찬가지지. 네가 그리는 사람이 누군지 나는 몰라. 하지만 네 안색이 날로 수척해지니, 안타까워서 묻는 것이니 조금도 숨기지 말고 이야기해 줘."

저는 일어나 사례하고 말했어요.

"궁인이 많아 혹시 엿들을까 두려워 말을 못했는데, 이제 지극한 우정으로 묻는데 어찌 감히 숨길 수 있겠니."

핵심+ 전란(戰亂) 후에 애정소설이 늘어난 이유

조선시대 임진왜란과 병자호란 이후 애정소설이 급격히 늘어나기 시작했다. 그 이유는 현실의 고통을 잊기 위해 소설 속에서 도피처를 찾으려 했기 때문이다. 잿더미가 된 국토와 많은 사람들의 죽음은 온 백성을 실의와 절망으로 몰아넣었다. 그러자 사람들은 소설 속에서의 간접 체험을 통해 대리 만족을 느끼고자 하는 욕망을 갖게 되었던 것이다.

好樂好樂 한자 노트

즐거울락 | 총 15획 | 부수 木 | 6급

나무 받침대 위에 북과 같은 악기를 걸어 놓은 모양을 본뜬 글자이다.

樂園(낙원) : 아무런 괴로움이나 고통 없이 안락하게 살 수 있는 즐거운 곳.

道樂(도락) : 도를 깨달아 스스로 즐기는 일. 재미나 취미로 하는 일.

行樂(행락) : 재미있게 놀고 즐겁게 지냄.

同苦同樂(동고동락) : 괴로움도 즐거움도 함께 함.

내가 찾은 사자성어

편안할안 가난할빈 즐거울락 길도
安貧樂道
안 빈 낙 도

내용 » 구차한 중에도 편한 마음으로 도를 즐김.

알아두면 힘이 되는 상식

시(詩)의 황금시대

중국 당나라 삼백 년은 시에 있어서 황금시대로, 초당 · 성당 · 중당 · 만당의 네 시기로 당시(唐詩)를 구분하고 있다. 그중 성당은 시문학이 가장 융성했던 시기로, 현종 원년(713년)에서 숙종 2년(761)에 이르는 48년간을 말한다. 성당 전반기에는 이백, 후반기에는 두보가 활약했고, 대표적 시인에 맹호연, 왕유, 고적, 왕창령 등이 있다.

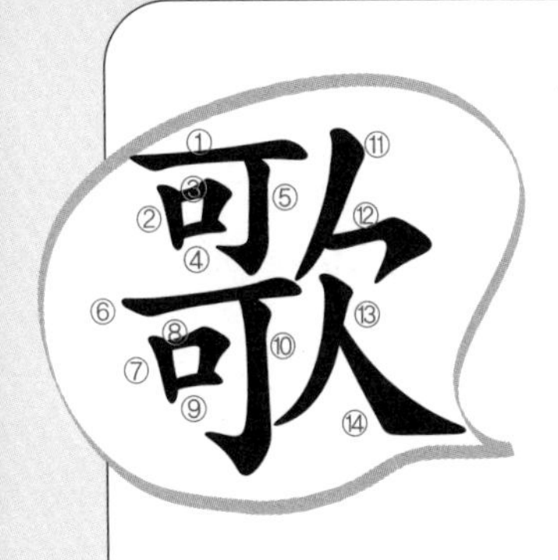

노래가 | 총 14획 | 부수 欠 | 7급

하품하듯이 입을 크게 벌리니 '노래하다', '읊조리다'의 뜻이다.

歌舞(가무) : 노래와 춤.

歌手(가수) : 노래 부르는 것이 직업인 사람.

愛國歌(애국가) : 우리나라의 국가.

高聲放歌(고성방가) : 거리에서 큰 소리를 지르거나 노래를 부르는 짓.

내가 찾은 속담

듣기 좋은 꽃노래도 한두 번이지

》 듣기 좋은 이야기도 늘 들으면 싫다.

4 첫 만남

지난 가을 국화꽃이 피고 단풍잎이 떨어지기 시작할 무렵이었어. 대군께서 홀로 서당에 앉아 시녀를 시켜 먹을 갈고 넓은 비단을 펴게 하고 칠언사운 열 수를 쓰고 계셨지. 이때 동자가 들어와 고했어.

"김 진사라는 나이 어린 선비가 뵙기를 청합니다."

대군께서는 기뻐하시며 '김 진사가 왔구나' 하고 맞아들이게 하셨지.

무명옷을 입고 가죽띠를 띤 선비가 빠른 걸음으로 섬돌에 오르는데, 그 모습은 마치 새가 날개를 펴는 것과 같았어. 절을 하고 자리에 앉는데, 그 용모가 신선계의 사람 같더구나.

대군은 한 번 보고 마음을 기울여 곧 자리를 옮겨 마주앉으니, 김 진사가 자리에서 일어나 절하고 사례하며 말했지.

"많은 사랑을 입고 여러 차례 부르심을 받았는데, 이제야 인사를 올리게 되니 황송합니다."

대군이 위로하여 말씀하셨어.

"오래 전부터 명성을 듣고 있었소. 이렇게 앉아서 인사를 받게 되니, 영광이 온 집안에 가득하고 많은 보물을 얻은 듯하구려."

진사는 처음 들어올 때 이미 우리와 마주쳤으나, 대군은 진사가 어린 유생이라서인지 우리로 하여금 피하게 하지 않으셨지.

대군이 진사에게 말씀하셨어.

"가을 경치가 좋으니, 원컨대 시 한 수 지어서 이 집을 빛나게 해 주오."

진사는 자리를 피하여 사양하며 말했지.

"헛된 이름일 뿐입니다. 시에 대해 제가 어찌 감히 알겠습니까."

대군은 금련에게는 노래를 부르게 하고, 부용에게는 거문고를 타게 하고, 보련에게는 단소를 불게 하고, 내게는 벼루를 받들게 하셨지.

나는 나이 어린 여자로서 진사를 보니 정신이 어지럽고 가슴이 울렁거렸어. 진사 또한 여러 차례 나를 돌아보고 미소를 지었어.

대군이 진사에게 말씀하셨지.

"나는 그대를 진심으로 기다렸소. 그런데 그대는 어찌하

榮 光
영화 영 빛 광
4급 14획 6급 6획

여 시를 지으려 하지 않아 이 집으로 무안하게 하는가?"

이에 진사는 곧 붓을 잡고 오언사운을 썼어.

기러기 남쪽을 향해 가니

궁중에 가을빛이 깊었도다.

물이 차니 연꽃은 구슬 되어 꺾이고

서리가 쌓이니 국화는 금빛으로 드리우네.

비단 자리엔 홍안의 미녀요

옥 같은 거문고 줄엔 백운 같은 소리로다.

*유하주 한 말에 먼저 취하니

몸을 가누기 어렵네.

대군이 두세 번 읊고는 놀라서 말씀하셨어.

"참으로 천하의 기재로다. 어찌 이제야 만났을까?"

시녀 열 사람도 동시에 서로 돌아보면서 경탄했지.

"이는 틀림없이 신선이 학을 타고 속세에 오신 거야. 어찌 이런 사람이 있지?"

대군이 술잔을 잡으면서 물으셨어.

"옛 시인 중에서 누가 으뜸이라고 생각하는가?"

• **유하주(流霞酒)** : 신선이 마신다는 좋은 술. 여기서는 그저 자기가 대접받은 좋은 술을 가리킨다.

진사는 이렇게 대답하더구나.

“제가 생각한 대로 말씀드리겠습니다. 이백은 하늘의 신선입니다. 오래도록 옥황상제의 탁자 앞에 있다가, 곤륜산 *현포에 내려와 놀면서 술을 많이 마시고, 그 취흥을 이기지 못해 온갖 꽃나무를 꺾다가 비바람을 따라 인간 세상에 떨어진 기상입니다. *노왕은 바다의 신선입니다. 해와 달이 떴다가 지고, 구름이 변화하고, 푸른 파도가 동요하고, 고래가 물줄기를 뿜고, 섬은 아득히 멀고 초목은 울창한데 물새의 노래와 교룡의 눈물을 가슴에 품고 있으니, 이것이 시의 조화입니다. 맹호연은 음향이 가장 높으니, 진나라 음악가 사광에게 배워 음률을 습득한 사람입니다. 또 이의산은 선술을 배워 일찍 인간 세상을 떠났는데, 일생에 지은 글이 모두 귀신이 쓴 듯합니다. 그 밖에도 다 저마다 특색을 가지고 있으니, 어찌 다 말씀드리겠습니까.”

“문사와 같이 시를 논하면 두보를 으뜸으로 여기는 이가 많은데, 이것은 무엇 때문인가?”

대군께서 물었지.

“속된 선비들이 숭배하는 바로 말씀드릴 것 같으면, 생선회가 사람의 입을 즐겁게 하는 것과 같습니다.”

• **현포(玄圃)** : 중국 곤륜산에 있다는 선인의 거처.

• **노왕(盧王)** : 중국 당나라 초기의 4걸인 왕발, 양형, 낙빈왕, 노조린 중 노조린과 왕발을 가리키는 말.

"다양한 문체에 수사법도 대단히 정밀한데, 어찌하여 두보를 가볍게 보는가?"

진사가 말했어.

"제가 어찌 감히 **가볍게** 보겠습니까? 그 위대한 점을 말하자면, 곧 한무제가 미앙궁에 앉아 오랑캐가 중원을 넘보는 것에 분노하여 장수에게 명하여 토벌하게 할 때 백만 군사가 수천 리에 걸쳐 행군하는 것과 같습니다. 그 장점을 말하자면, 다양한 **문체**를 구비했다는 것입니다. 이

文體
글월문 몸체
7급 4획 6급 23획

백에 비한다면, 하늘과 땅, 강과 바다가 차이가 있음과 같습니다. 또 노왕과 맹호연에 비한다면, 두보가 말을 몰아 앞서고 노왕과 맹호연이 채찍을 잡고 길을 다투는 것과 같습니다."

대군께서 말씀하셨어.

"그대의 말을 들으니 가슴속이 시원하여 바람을 타고 하늘에 올라가는 것과 같구려. 다만 두보의 시는 천하에 뛰어난 것이니, 어찌 노왕이나 맹호연과 길을 다투겠소? 이제 그만 그치고, 원하건대 또 한 번 시를 지어 이 집으로 하여금 더욱 빛나게 해 주오."

진사는 곧 칠언사운 한 수를 읊었어.

연기 흩어진 금빛 못에는 이슬 기운이 차고
푸른 하늘은 물결 같은데 밤은 어이 그리 긴가.
미풍은 뜻이 있어 주렴을 걷으니
흰 달은 다정하게 작은 방으로 들어오네.
뜰의 그늘은 소나무 그림자가 비침이고
잔 속이 출렁이니 국화 향기 떠도네.
*완공이 어리지만 자못 술을 잘 마셨으니

• 완공(阮公) : 중국 삼국 시대 죽림칠현(竹林七賢)의 한 사람인 완적(阮籍). 술을 좋아했다.

술에 취한 후 미치는 것을 이상하다 하지 마오.

대군은 더욱 기특하게 여기시고 가까이 다가앉으며 진사의 손을 잡고 말씀하셨지.

"진사는 요즘 세상의 재사가 아니니, 나로서는 평가할 수가 없구려. 문장과 필법이 능할 뿐만 아니라 신묘하기 그지없으니, 하늘이 그대를 동방에 태어나게 함은 정녕 우연한 일이 아니오."

神 妙
귀신 신 묘할 묘
6급 10획 4급 7획

진사가 붓을 휘둘러 글씨를 쓸 때 먹물이 내 손가락에 떨어졌어. 마치 파리 날개를 그린 것 같았지. 나는 그것을 영광스럽게 여기고 닦지 않았어. 그걸 보고 옆에 있던 궁인들이 모두 미소를 지으며 등용문에 비하더군. 밤이 깊어지자 대군께서는 몸을 가누지 못하고 졸면서 말씀하셨어.

"내가 취했도다. 그대도 물러가 쉬고, 내일 아침에 잊지 말고 오구려."

이튿날 대군은 그 두 수의 시를 다시 읊고 탄복하셨지.

"마땅히 성삼문과 자웅을 겨룰 수 있으나, 그 청아한 맛에서는 앞서는 것 같도다."

그로부터 나는 누워도 잠을 못 이루고, 밥맛은 떨어지고,

마음이 괴로워서 어느 결에 허리가 가늘어졌어. 너는 느끼지 못했지?

자란이 말했어요.

"그래, 난 몰랐어. 이제 네 말을 들으니 분명히 알겠다. 마치 술 깬 것처럼 정신이 맑아지는구나."

精 神
정할 정 귀신 신
4급 14획 6급 10획

핵심+ 〈운영전〉의 저작 연대

〈운영전〉이 쓰여진 시기는 작품 속의 '만력 신축(萬曆辛丑)' 이라는 연도와 '갓 전쟁을 겪은 뒤' 라는 첫머리의 표현으로 미루어 임진왜란 직후인 만력 신축년(1601년) 이후라는 것을 알 수 있다. 국립중앙도서관에 있는 〈삼방요로기〉가 〈운영전〉의 저작 연대를 밝히는 중요한 열쇠가 될 수 있을 것이다. 〈삼방요로기〉는 '유영전 즉 운영전' 이라는 제목으로 1641년에 필사된 이래 많은 독자들이 서로 돌려가면서 본 뒤 서명한 책으로, 이 책 속의 '운영전' 을 가장 오래된 것으로 보아도 무방할 듯하다.

好樂好樂 한자 노트

사랑애 | 총 13획 | 부수 心 | 6급

사람이 마음을 품었으나 선뜻 나아가지 못하니 '사랑하는 마음' 을 나타낸다.

愛國(애국) : 자기 나라를 사랑함.

愛用(애용) : 좋아하여 애착을 가지고 자주 사용함.

愛人(애인) : 이성 간에 사랑하는 사람.

愛讀者(애독자) : 책이나 잡지, 신문 따위의 글을 꾸준히 즐겨 읽는 사람.

내가 찾은 사자성어

공경경 하늘천 사랑애 사람인

敬天愛人

경 천 애 인

내용 » 하늘을 공경하고 사람을 사랑함.

알아두면 힘이 되는 상식

곤륜산(崑崙山)

중국 고대의 전설 속에 나오는 성스러운 산. 멀리 서쪽에 있어 황허강의 발원점으로 믿어진다. 하늘에 닿을 만큼 높고 보옥이 나는 명산으로 전해졌으나, 전국시대 이후 신선사상의 영향을 받아 고대 중국의 이상적인 곳으로 보게 되었다. 즉 선녀 서왕모(西王母)가 이 산에 집을 지었고, 그 물을 마시면 불사신이 된다는 강이 그곳 주변을 둘러싸고 있어 지상의 낙원으로 여겼다.

가벼울경 | 총 14획 | 부수 車 | 5급

수레(車)가 실을 짜는 도구(巠)처럼 가볍다는 뜻이다.

輕妄(경망) : 행동이나 말이 가볍고 방정맞음.

輕蔑(경멸) : 깔보아 업신여김.

輕油(경유) : 석유의 원유를 증류할 때, 등유 다음으로 얻는 기름.

輕音樂(경음악) : 작은 규모의 형식으로 연주하는, 대중성을 띤 가벼운 음악. 재즈, 샹송, 팝송 따위가 있다.

놀며 배우는 파자놀이

천 개의 마을로 이루어진 것은?

≫ 千+里이니, 重(무거울 중)이다.

애타는 마음

그후에도 대군은 자주 진사를 청하셨으나, 저희는 서로 보지 못하게 하셨습니다. 그래서 저는 늘 문틈으로 엿보다가, 하루는 *설도전에 오언사운 한 수를 썼어요.

무명옷에 가죽띠를 띤 선비
옥 같은 얼굴은 신선과 같네.
늘 주렴 사이로 바라보는데
어찌하여 월하의 인연이 없는가.
눈물은 흘러 물이 되고
거문고를 타니 줄에서 원한이 우네.
한없는 원망을 가슴속에 품고
머리를 들어 홀로 하늘에 하소연하네.

怨 恨
원망할 원 한 한
4급 9획 4급 9획

시를 적은 종이와 금비녀를 겹겹이 싸서 진사에게 전하려 했으나 기회가 없었어요.

그날 밤 대군이 잔치를 베풀어 손님들을 청했는데, 그 자리에서 진사의 재주를 칭찬하셨어요. 대군이 진사가 지은

• **설도전(薛濤箋)** : 중국 당나라 때 시인이자 기생이었던 설도가 만든 붉은 종이.

두 편의 시를 내보이니, 손님들이 돌려 보고는 칭찬을 그치지 않으며 모두 한번 보기를 원했습니다. 대군은 즉시 사람과 말을 보내어 오기를 청하셨어요.

얼마 후 진사가 와서 자리에 앉는데, 얼굴은 창백하고 몸은 여위어서 예전 모습이 아니었어요. 대군이 놀리듯 말씀하셨어요.

"진사에겐 별다른 근심이 없을 텐데, 못가를 거닐면서 시를 읊느라 파리해졌는가?"

그 말에 모든 사람들이 크게 웃었습니다.

진사가 일어나서 고개를 숙이고는 말하더군요.

"하찮은 선비로서 외람되게 대군께 사랑을 받고 보니, 복이 지나쳐 화를 낳았습니다. 병이 나서 음식을 제대로 먹지 못해 혼자서는 움직일 수가 없습니다. 기거를 남에게 의지하고 있다가, 오늘 부르심을 받들어 아픈 몸을 이끌고 와서 뵙는 것입니다."

그 말에 모두 무릎을 가지런히 하고 예의를 갖추었습니다. 진사는 나이가 어렸으므로 말석에 앉았어요. 안팎이 벽 하나를 사이에 두고 있었습니다.

밤이 깊자 손님들은 크게 취했습니다. 제가 벽 틈에 구멍

進 士
나아갈 진 선비 사
4급 12획 5급 3획

을 내고 들여다보았더니, 진사도 그 뜻을 알고 모퉁이를 향해 앉더군요. 저는 편지를 구멍으로 던져 주었어요.

진사는 편지를 주워 가지고 집으로 돌아가 뜯어보고는, 슬픔을 이기지 못해 차마 손에서 놓지 못했습니다. 생각하고 그리워하는 마음이 전보다 더해서 견딜 수가 없었지요. 바로 답서를 보내고 싶지만, 부탁할 만한 사람이 없어 홀로 근심하고 탄식할 뿐이었어요.

그러던 어느 날, 동대문 밖에 사는 한 무녀의 소문을 듣게 되었지요. 그 무녀는 영험하다는 명성을 얻고 대군의 궁에 드나들면서 사랑과 신임을 받는다고 했어요.

진사는 그 집을 찾아갔답니다. 그 무녀는 아직 서른도 안 된 얼굴이 예쁜 여자로, 일찍 남편을 잃고 무당이 된 것이었지요. 무녀는 술상을 잘 차려 진사를 대접했어요.

진사는 잔을 잡았으나 마시지는 않고 말했어요.

"오늘은 바쁘고 급한 일이 있으니 내일 다시 오겠네."

다음날 다시 갔지만, 또 말을 못하고 내일 다시 오겠다고만 했습니다.

무녀는 진사의 얼굴이 속된 티를 벗어난 것을 보고 마음속으로 기뻐했어요. 진사가 매일 왔다가 말 한 마디 하지 않는 것을 보고 생각했답니다.

'나이 어린 선비라서 부끄러워 말을 못하는 모양이다. 내가 먼저 부추겨 붙들어 놓고 함께 자자고 해봐야지.'

다음날 무녀는 목욕을 하고 짙은 화장을 했어요. 그리고 화려한 옷을 입고 좋은 담요와 자리를 깔아 놓은 다음, 계집종에게 문 밖에 앉아서 망을 보라고 했지요.

진사가 또 와서 그 화려하게 꾸민 얼굴과 옷과 자리 등을 보고 마음속으로 이상하게 여겼어요.

무녀가 말했어요.

"오늘 저녁은 어쩐 일로 이렇게 훌륭한 분을 뵙게 되었을까?"

진사는 뜻이 없었기 때문에 그 말에 대답하지 않은 채 즐거워하지 않았지요.

무녀가 또 말했어요.

"과부 집에 어찌 젊은 남자가 그렇게 자주 왕래하는 건가요?"

진사가 말했습니다.

"점치는 재주가 남다르다던데, 어찌 내가 찾아오는 뜻을 알지 못하나?"

무녀는 즉시 신에게 절을 하고 방울을 흔들었어요. 그러다가 추운 듯이 한참 동안 온몸을 떨더니 입을 열어 말했답니다.

"당신은 정말 가련하시군요. 성사되기 어려운 일을 하려고 하니, 다만 그 뜻을 이루지 못할 뿐만 아니라 삼 년이 못 되어 황천에 가시겠어요."

黃 泉
누를황 샘천
6급 12획 4급 9획

진사가 울면서 말했어요.

"자네가 말하지 않아도 다 알고 있네. 하지만 마음속에 맺힌 한은 백 가지 약으로도 풀 수 없으니, 만일 자네가 내 편지를 전해 준다면 죽어도 영광일 걸세."

무녀가 말했어요.

"비천한 무녀인지라, 제사로 인해 이따금 드나드는 것 말고는 부르시는 일이 없으면 감히 들어가지 못합니다. 그렇지만 진사님을 위해 한번 가보지요."

진사는 품속에서 편지를 꺼내 주며 말했습니다.

"조심하게. 잘못 전해서 화의 기틀을 만드는 일이 없도록 말일세."

무녀는 편지를 가지고 궁문으로 들어갔어요. 궁 안 사람들이 모두 무녀가 왜 왔는지 괴이하게 여겼지요. 무녀는 적당히 둘러대고는 틈을 엿보아 들을 사람이 없는 곳으로 저를 끌고 가서 편지를 주었어요.

방으로 돌아와서 뜯어보니 그 편지의 사연은 이러했습니다.

한 번 눈길이 마주친 후부터 마음이 들뜨고 넋이 나가, 능히 마음을 진정치 못하고 날마다 성 서쪽을 향해 몇 번이나 애를 태웠는지 모릅니다. 전에 벽 틈으로 전해 주신 편지를 다 펴기도 전에 가슴이 메고, 반도 못 읽어 눈물이 떨어져 글자를 적시는 바람에 다 보지 못했습니다.

그후로 누워도 잠을 못 이루고, 음식은 목을 내려가지 않고, 병은 골수에 사무쳐 온갖 약이 효험이 없으니, 저승이 보이는 것 같습니다. 오직 소원은 조용히 죽음을 기다릴 뿐이니, 하늘이 불쌍히 여기고 신령이 도와 혹 생전에 한 번이라도 이 원한을 풀어 주신다면, 마땅히 몸을 부수고 뼈를 갈아서라도 천지신명의 영전에 제를 지내겠습니다.

所 願
바소 원할원
7급 8획 5급 19획

편지를 쓰다 서러워서 목이 메니, 다시 무슨 말씀을 하겠습니까. 예를 갖추지 못하고 삼가 씁니다.

사연 끝에는 칠언사운 한 수가 적혀 있었는데, 그 시는 다음과 같습니다.

누각은 저녁 문 닫혔는데
나무 그늘과 구름 그림자 모두 다 희미하구나.

떨어진 꽃은 물에 떠서 개천으로 흘러가고

제비는 흙을 물고 난간을 넘어 돌아오도다.

베개에 기대어도 잠을 이루지 못하고

창을 열고 남쪽 하늘을 보니 기러기가 드물도다.

옥 같은 얼굴은 눈에 있는데 어찌하여 말이 없는가.

풀은 푸르고 꾀꼬리는 우는데 눈물이 옷깃을 적시도다.

開 川
열개 내천
6급 12획 7급 3획

편지를 다 보고 나니, 기가 막혀서 말도 안 나오고 눈물만 쏟아졌지요. 다른 사람이 알까 봐 두려워서 병풍 뒤에 몸을 숨긴 채 한참을 울었어요.

핵심+ 몽유록(夢遊錄)

꿈속에서 노는 형상을 빌려 구성된 소설을 말한다. 주인공이 우연히 이계(異界)로 들어가서 여러 가지 체험을 한 끝에 현실로 돌아오는 것으로 끝난다. 이계에 들어가기 전과 돌아온 후는 소설 전개를 위한 도입부와 결말에 해당하며, 결국 이계에서의 체험이 소설의 본 줄거리가 된다. 〈운영전〉을 비롯하여 김시습의 〈금오신화〉, 임제의 〈원생몽유록〉 등이 이에 속한다.

好樂好樂 한자 노트

손님객 | 총 9획 | 부수 宀 | 5급

지붕(宀) 아래 각각의 사람이 들어오니, 손님이라는 뜻이다.

客觀(객관) : 자기와의 관계에서 벗어나 제삼자의 입장에서 사물을 보거나 생각함.

客席(객석) : 극장 등에서 손님이 앉는 자리.

客地(객지) : 자기 집을 멀리 떠나 임시로 있는 곳.

賞春客(상춘객) : 봄의 경치를 즐기러 나온 사람.

내가 찾은 사자성어

임금주 손객 엎드러질전 넘어질도

主客顚倒

주 객 전 도

내용 » 입장이 서로 뒤바뀜.

알아두면 힘이 되는 상식

한시(漢詩)의 분류

한시의 분류는 자수(字數) · 구수(句數) · 압운 · 운자(韻字) · 위치 등을 기준으로 삼는다. 자수는 대부분이 오언 · 칠언이며, 사언 · 육언도 있다. 구수는 대부분이 사구 · 팔구인데, 일반적으로 사구는 절구(絕句), 팔구는 율시(律詩)라고 한다. 압운에서 운자는 거의 구 끝에 둔다. 그러나 고대시 중에는 구의 첫머리, 구 가운데에 압운하는 경우도 있다.

풀초 | 총 10획 | 부수 艸 | 7급

이른(早) 봄에 돋아나는 풀(艹)을 뜻한다.

草家(초가) : 짚이나 갈대로 지붕을 인 집.

草食(초식) : 주로 풀만 먹고 삶.

花草(화초) : 꽃이 피는 풀과 나무 또는 꽃이 없더라도 관상용이 되는 모든 식물을 통틀어 이르는 말.

不老草(불로초) : 먹으면 늙지 않는다는 풀.

내가 찾은 속담

풀 끝의 이슬

» 인생이 풀 끝의 이슬처럼 덧없고 허무함을 비유적으로 이르는 말.

6 깊은 우정

그후로는 잠시도 잊을 수가 없었어요. 거의 넋이 나간 얼굴로 왔다갔다 했으니 대군께서 의심하는 것도 무리가 아니었습니다.

자란도 마음속에 한이 있었으므로 이 말을 듣고 눈물을 흘리며 탄식했지요.

"시는 마음에서 나오는 것이니 속일 수가 없지."

하루는 대군이 비취를 불러 말씀하셨어요.

"너희 열 명이 한 방에 같이 있으니 공부에 전념할 수가 없다."

그리고 다섯 명을 서궁에 가 있게 하셨습니다.

저는 자란, 은섬, 옥녀, 비취와 같이 그날로 서궁으로 옮겼지요.

옥녀가 말했어요.

"아름다운 꽃, 가는 풀, 흐르는 물, 멋진 나무가 마치 별장 같으니, 참으로 훌륭한 독서당이구나."

제가 대꾸했지요.

"내시도 아니고 중도 아니면서 이 깊은 궁에 갇혔으니,

이른바 *장신궁이네."

그 말에 모두 울적한 얼굴로 한숨을 쉬었지요.

그후 저는 편지를 써서 진사에게 보내려고 지성으로 무녀 오기를 빌었습니다. 그러나 무녀는 오지 않았어요. 그건 분명 진사의 뜻이 자기한테 없는 것을 원망하여 그랬을 것입니다.

하루는 저녁에 자란이 저에게 가만히 말했어요.

"궁 안 사람들은 해마다 추석에 *탕춘대 밑 개울에서 빨래를 하며 술자리를 가졌지. 올해는 *소격서동에서 한다고 하니, 왔다갔다 하는 사이에 그 무녀를 찾아가는 게 가장 좋은 방책일 것 같아."

저도 그렇게 생각하고 추석을 기다리는데, 일각이 여삼추였습니다.

비취가 모든 것을 다 알면서도 짐짓 알지 못하는 체하고 저에게 말했어요.

"너는 처음 올 때는 얼굴빛이 배꽃 같아서 화장을 안 해도 자연스러운 아름다움이 있어 궁 안 사람들이 *괵국부인이라고 불렀지. 그런데 요즘 와서는 얼굴빛이 점점 전보다 못해지니 무슨 일이 있니?"

• **장신궁(長信宮)** : 중국 한나라 성제(成帝)의 총애를 받던 후궁 반첩여가 조비연에게 사랑을 빼앗기고 쫓겨나 살았다는 궁.

• **탕춘대(蕩春臺)** : 지금의 북한산 세검정 뒤에 있던 유원지.

• **소격서동(昭格署洞)** : 지금의 서울 삼청동. 소격서는 조선시대 초제, 즉 별에게 제사지내던 일을 맡아보던 관청.

• **괵국부인(虢國夫人)** : 스스로 아름다움을 자랑하여 화장을 하지 않고 임금을 꾀었다고 하는 당나라 여인.

제가 대답했어요.

"본래 몸이 허약해서 해마다 더운 계절이면 여위는 병이 있는데, 오동잎이 떨어지기 시작하고 휘장에서 서늘한 기운이 나오면 괜찮아진단다."

비취는 시 한 수를 읊었어요.

세월이 덧없이 몇 달 지나
어느덧 절기는 가을로 접어들었네.
서늘한 바람이 저녁에 일어나고
가는 국화는 황금빛을 토하도다.
풀숲의 벌레들은 추위에 신음하고
흰 달은 환하게 비추네.
나는 마음속으로는 기뻐하나
겉으로는 드러내지 않는다네.

놀리는 뜻이 없지 않았으나 시상은 절묘했습니다. 저는 그 재주를 기특히 여기면서도 그 놀림에 대해서는 부끄럽게 여겼어요.

그럭저럭 두어 달이 지나 계절은 가을로 접어들었습니

다. 서늘한 바람이 저녁에 일어나고, 가는 국화는 황금빛을 토하며, 풀숲의 벌레는 소리를 가다듬고, 흰 달은 환히 비추었습니다.

아무것도 모르리라 생각한 은섬이 말했어요.

"편지의 기약이 가까워졌으니, 오늘 저녁의 즐거움이 하늘나라와 다를 바 없지."

期 約
기약할 기 맺을 약
5급 12획 5급 9획

저는 이미 서궁 사람들에게 감출 수 없다는 것을 알고 사실대로 말했어요.

"부디 남궁 사람들이 알지 못하게 해 줘."

마침내 기러기가 남쪽을 향해 날고 풀잎에는 구슬 같은 이슬이 맺히니, 맑은 시내에서 빨래하기에 적당한 때가 되었어요.

여럿이 모여 빨래할 장소에 대해 의논했으나, 서로 의견이 맞지 않았어요.

남궁 사람들이 말했어요.

"맑은 물과 흰 돌은 탕춘대 아래보다 더 나은 데가 없지."

서궁 사람들도 지지 않고 말했어요.

"소격서동의 물과 돌도 성문 밖보다 못하지 않아. 어찌 가까운 데를 버리고 먼 데로 가겠다는 거지?"

남궁 사람들이 고집을 부리는 바람에, 결국 결정을 짓지 못했지요.

그날 밤 자란이 말했어요.

"남궁의 다섯 사람 중에서 소옥이 가장 주장이 강하니, 내 묘계로써 그 뜻을 돌려볼게."

자란이 옥등으로 길을 밝혀 남궁으로 가니, 금련이 반가이 맞아 주었어요.

"남궁과 서궁으로 갈라진 후로 진나라와 초나라 같은 사이가 되었는데, 뜻밖에 이렇게 오늘밤 귀한 몸이 왔으니 고마워."

소옥이 말했어요.

"뭐가 고마워? 얘는 설득하려고 왔는데……."

자란이 옷깃을 여미고 얼굴빛을 바로 하여 말했어요.

"남의 마음을 헤아릴 수 있다더니, 네가 그렇구나."

소옥이 말했어요.

"서궁 사람들은 소격서동으로 가고 싶은데 내가 고집을 피우니까 이렇게 밤중에 찾아왔지? 그러니 설득하러 온 게 아니고 뭐야?"

說 得
말씀설 얻을득
5급 14획 4급 11획

자란이 말했어요.

"서궁의 다섯 사람 중에서 나 혼자 성 안으로 가자고 하는 거야."

"혼자 성 안을 고집하는 까닭이 뭐야?"

"내 들으니, 소격서는 하늘에 제사 지내던 곳이라서 동네 이름을 삼청동이라 했다던데. 우리 열 명은 필시 삼청궁의 선녀였는데 *《황정경》을 잘못 읽어 인간 세상에 귀양 왔을 거야. 이미 인간 세상에 있으니, 산골이나 들녘, 농촌, 어촌 등 어느 곳이든 다 좋아. 그런데 깊은 궁중에 굳게 갇혀 마치 조롱 속의 새 같으니, 꾀꼬리 울음을 들어도 탄식하고, 푸른 버들을 대해도 한숨짓고, 제비가 쌍쌍이 날고 새가 마주앉아서 졸고 있는 것을 보아도 외로워져. 풀에도 *합환이 있고 나무에도 *연리지가 있어 즐거움을 나누는데, 우리 열 명은 무슨 죄가 있어서 적막한 깊은 궁에서 썩어야 하는 거지? 봄꽃 가을달을 바라보며 오직 등불을 벗삼아 넋을 태우며, 허무하게도 청춘을 포기하고 공연히 원한만 남기게 되었으니 말이야. 어찌 이다지도 박한 운명인가. 인생은 한번 늙으면 다시는 젊어지지 않으니, 다시 생각해도 슬픈 일이지. 이제 맑은 시내에 가서 목욕하여 몸을

• **황정경(黃庭經)** : 도교의 경전.

• **합환(合歡)** : 밤이면 잎이 맞붙는 자귀나무.

• **연리지(連理枝)** : 나뭇가지가 서로 이어진 나무.

깨끗이 하고 태을궁에 들어가 머리가 땅에 닿도록 백 번 절하고 손 모아 빌려고 해. 내세에는 이와 같은 고생을 면하고자 함이니, 어찌 다른 뜻이 있겠니? 우리 궁인들은 동기간이나 같은데, 이런 일로 당치도 않은 의심을 해서는 안 되지. 내 말솜씨가 모자라 믿을 수 없기 때문이겠지."

소옥이 일어나서 사과하며 말했어요.

"내 이치에 밝지 못하여 네 생각에 미치지 못했구나. 처음에 성 안을 승낙하지 않은 것은, 성 안에는 본래 무뢰한이 많아서 뜻밖의 욕을 당하지나 않을까 염려해서였어. 이제 네가 나로 하여금 멀리 가지 않고 다시 서로 통하게 했으니, 이후로는 비록 하늘에 올라간다고 하더라도 따를 것이며, 강을 건너고 바다에 들어간다고 하더라도 또한 따를 거야. 이른바 '다른 사람으로 인하여 성사한다' 고 하니, 성공하고 나면 마찬가지겠지."

부용이 말했어요.

"무릇 일이라는 것은 먼저 마음으로부터 정하는 것이 옳은데, 오늘 아침부터 서로 다투어 밤이 되도록 결정하지 못했으니 일이 순조롭지 못했어. 한 집안의 일을 주군께는 알리지 않고 우리끼리만 의논하니 이는 불충이라 할 수 있

으며, 낮에 다툰 일을 밤도 깊기 전에 굴복하고 말았으니 이는 불신이라 하지 않을 수 없구나. 가을에는 옥같이 맑은 시내가 없는 곳이 없는데 꼭 사당으로만 가려고 하니, 이것도 옳지 않아. 비해당 앞은 물이 맑고 돌이 깨끗해서 해마다 거기서 빨래했는데, 이제 와서 다른 곳으로 바꾸는 것도 또한 옳지 않아. 다른 사람이 다 간다고 해도 나는 따르지 않겠어."

不信
아닐불 믿을신
7급 4획 6급 9획

보련도 말했어요.

"말이란 몸을 꾸미는 도구와 같으니, 삼가느냐 삼가지 않느냐에 따라 복과 화가 따르는 거지. 그러므로 군자는 말을 조심하고 입을 지키기를 병과 같이 하는 거야. 한나라 때의 장량은 종일 말을 하지 않아도 일을 잘 이루었으며, 색부는 이로운 말을 척척 잘했으나 장석에게 참소당했지. 자란의 말은 무엇을 숨겨 두고 말하지 않는 것이고, 소옥의 말은 강하면서도 마지못해 좇는 것이며, 부용의 말은 꾸미는 데만 힘을 쓰니, 다 내 뜻에 맞지 않아. 이번 행차에 나는 참여하지 않을 거야."

參 與
참여할 참 줄 여
5급 11획 4급 14획

이번에는 금련이 말했어요.

"오늘 밤의 의논은 합의를 보지 못했으니, 내가 점을 쳐 볼게."

그리고 곧 《주역》을 펴놓고 점을 쳐 얻은 괘를 풀어서 말했어요.

"내일 운영은 반드시 남자를 만날 거야. 운영의 용모와 행동은 인간 세상의 사람 같지 않은 데가 있어. 주군께서 마음을 기울인 지 이미 오래되었으나, 운영이 죽을 각오로 거역하고 있는 건 다른 이유가 아니라, 차마 마님의 은혜를 저버리지 못해서지. 주군의 명령이 비록 엄하나 운영의 몸이 상할까 두려워 감히 가까이하지 못하시는 거야. 이제 이 조용한 곳을 두고 번화한 데로 가려고 하는데, 젊은 한량들이 그 자색을 보면 반드시 넋을 잃고 미칠 거야. 비록 가까이하지는 못해도 손가락질을 하거나 눈길을 보낼 것이니, 이 또한 욕이지. 전에 주군께서 말씀하시기를, 궁녀가 문을 나가서 바깥사람이 그 이름을 알 것 같으면 그 죄는 죽음에 해당한다고 하셨지. 이번 일에 나는 절대 끼어들지 않을 거야."

이에 자란은 일이 이루어지지 않을 줄 알고는, 실망한 듯 그냥 돌아가려고 했지요. 그런데 비경이 울면서 비단띠를 잡고 억지로 만류했어요. 그리고 앵무잔에 운화주를 따라 모두에게 권했어요. 좌우에 있던 사람들이 다 마셨지요.

금련이 말했어요.

"오늘 밤의 모임은 조용히 끝내야 할 텐데, 비경이 우니 나도 정말 괴롭구나."

비경이 말했습니다.

"처음 남궁에 있을 때 운영과 참으로 친하게 지냈어. 죽어도 같이 죽고 살아도 같이 살자고 약속했는데, 이제 비록

閑 良
한가할 한 어질 량
4급 12획 5급 7획

거처는 달라졌지만 어찌 차마 잊을 수 있겠니? 전날 대군께 문안을 올릴 때 운영을 보니, 가는 허리가 여위어 더 가늘어졌고, 얼굴은 핼쑥한데다가 목소리는 가늘어서 들릴락 말락하더군. 일어나 절을 할 때 힘이 없어 쓰러지기에 내가 붙들어 일으키고 좋은 말로 위로했지. 운영이 말하기를, '불행히 병을 얻어 얼마 못 살 것 같아. 내 천한 목숨이야 별로 아깝지 않지만, 아홉 명의 문재가 날로 피어나고 다달이 빛나서 훗날 아름다운 시편과 고운 작품이 세상을 움직일 텐데 내가 볼 수 없으니 그게 너무 슬퍼' 라고 했지. 그 말이 하도 처절해서 나도 모르게 눈물을 흘렸는데, 이제 와서 생각해 보면 그 눈물은 그리움에서 비롯된 것 같아. 아, 자란은 운영의 친구니, 죽게 생긴 사람을 사당에 데려다 놓으려는 거지. 만일 오늘의 계획이 이루어지지 않으면 황천에 가서도 눈을 감을 수 없을 거야. 그리고 아마도 원한의 화살이 남궁으로 돌아올 거야. 《서경》에 이르기를, '좋은 일을 하면 하늘이 복을 내리고 악한 일을 하면 백 가지 재앙을 내려 주시나니' 라 했으니, 오늘의 이 토론이 좋은 일일까, 좋지 않은 일일까? 소옥은 이미 허락했는데 세 사람이 따르지 않으니, 일이 중도에서 글렀어. 만일 일이 누설

詩 篇
시시 책편
4급 13회 4급 15회

되면 운영이 홀로 그 죄를 당할 것이요, 다른 사람이 무슨 상관이 있겠어?"

소옥이 말했어요.

"나는 두말하지 않고, 마땅히 운영을 위해 죽을 거야."

이에 자란이 말했어요.

"따르는 사람이 반이요, 따르지 않는 사람이 반이니 일은 다 틀렸네."

자란은 일어나 가려고 하다가 들어와 다시 앉아 모두의 표정을 살폈어요. 따르고자 하나 한 입으로 두말하기가 부끄러워 망설이는 것 같았지요.

表 情
겉표 뜻정
6급 8획 5급 11획

자란이 다시 말했습니다.

"천하의 일에는 정도도 있고 *권도도 있는데, 권도도 상황에 맞으면 그 또한 정도야. 어찌 융통성 있게 권도를 쓰지 않고 먼저 한 말을 굳게 지키려고 하니?"

그러자 좌우의 사람들이 일시에 따르더군요.

자란이 말했어요.

"내가 말하기를 좋아하는 게 아니라, 다른 사람을 위해 어쩔 수 없이 한 거야."

비경이 말했어요.

• **권도(權道)** : 그때그때의 형편에 따라 일을 처리하는 방도.

"옛날 소진은 여섯 나라가 합종하도록 했는데, 이제 자란은 능히 다섯 사람이 승복하게 했으니 변사라 해도 괜찮겠네."

자란이 말했어요.

"소진은 여섯 나라 재상의 인을 찼았는데, 이제 너희는 내게 어떤 물건을 주려고 하니?"

금련이 말했습니다.

承 服
이을승 옷복
4급 8획 6급 8획

"합종은 여섯 나라에 이익이 되는데, 이 승복은 우리 다섯 사람에게 무슨 이익이 있지?"

그러자 모두들 마주보며 크게 웃었습니다.

자란이 말했어요.

"남궁 사람은 다 착해서 운영으로 하여금 죽을 목숨을 다시 잇게 했으니 어찌 고맙지 않으리요."

그러면서 자란이 일어나 절하자 소옥이 답례했어요.

자란이 다시 말했어요.

"오늘 다섯 사람이 따르기로 했어. 위에는 하늘이 있고 아래는 땅이 있으며 촛불이 비치고 귀신이 엿보고 있으니, 내일 가서 다른 말은 안 하겠지."

그리고 다시 절하고 돌아가니, 다섯 사람이 다 중문까지

나와 전송했어요.

자란이 돌아와서 저에게 말하기에, 저는 벽을 짚고 일어나 절을 하며 사례했어요.

"나를 낳은 분은 부모이고, 나를 살려 준 사람은 너구나. 땅에 묻히기 전에 맹세코 이 은혜를 갚을 거야."

핵심+ 〈운영전〉의 이본(異本)

이본이란 같은 작품이지만 부분적으로 다른 경우를 말한다. 〈운영전〉의 이본은 한문본과 한글본으로 나뉘는데, 한문본이 원본이고 한글본은 한문본을 번역한 것이다. 현재까지 확인된 〈운영전〉의 이본은 20여 종이며, 내용상의 차이는 크지 않다. 이 가운데는 한글 필사본과 활자본이 각각 1종씩 있는데, 이들은 모두 한문본을 번역하는 가운데 문장을 매끄럽게 고치거나 첨삭을 가한 것이다.

好樂好樂 한자 노트

가을추 | **총 9획** | **부수 禾** | **7급**

벼(禾)를 불에 말린다는 뜻의 글자이다.

秋分(추분) : 이십사절기의 하나. 백로와 한로 사이에 들며, 밤과 낮의 길이가 같아진다. 9월 23일경이다.

秋夕(추석) : 우리나라 명절의 하나. 음력 팔월 보름날이다.

晩秋(만추) : 늦가을.

春秋服(춘추복) : 봄철과 가을철에 입는 옷.

내가 찾은 사자성어

가을추	바람풍	떨어질락	잎엽
秋	風	落	葉
추	풍	낙	엽

내용» '가을바람에 우수수 떨어지는 잎'이라는 뜻으로, 어느 한 순간에 권력 등을 잃어버리는 것.

알아두면 힘이 되는 상식

소진(蘇秦)의 합종책(合縱策)

소진은 중국 전국시대의 유세가로, 진(秦)나라를 위해 연횡책을 썼던 장의(張儀)와 함께 전국시대 책사의 제일인자로 일컬어진다. 당시는 강국인 진나라와 한(韓)나라 두 나라가 서로 싸우고 있어, 산동 지방의 제국들은 진나라의 침략을 두려워하고 있었다. 소진은 먼저 연(燕)나라의 문후(文侯)에게 여섯 나라가 합종함으로써 얻을 수 있는 이익을 설명하여 동의를 얻었다. 그런 다음 조(趙)나라, 한(韓)나라, 위(魏)나라, 제(齊)나라, 초(楚)나라를 차례로 설득하여, 마침내 연나라에서 초나라에 이르는 여섯 나라의 합종에 성공했다.

늙을로 | 총 6획 | 부수 老 | 7급

노인이 지팡이를 짚고 있는 모습을 본뜬 글자이다.

老軀(노구) : 나이를 먹어 마음대로 움직일 수 없게 된 늙은 몸.

老少(노소) : 늙은이와 젊은이를 아울러 이르는 말.

老後(노후) : 늙어진 뒤.

敬老(경로) : 노인을 공경함.

不老長生(불로장생) : 늙지 않고 오래 삼.

내가 찾은 속담

늙은 말이 길을 안다

》 나이와 경험이 많으면 그만큼 일에 대한 이치를 잘 안다는 것을 비유적으로 이르는 말.

먹물 한 점

저는 앉아서 아침을 기다렸다가, 안으로 들어가서 문안을 드리고 궁인들이 모인 중당으로 갔어요.

소옥이 말했어요.

"하늘은 환하게 맑고 물은 차니, 정말 빨래하기 좋은 때로구나. 오늘 소격서동에다 휘장을 치는 게 어때?"

이에 여러 사람은 다 이의가 없었어요. 저는 물러나와 서궁으로 가서 흰 *나삼에 가슴속에 가득 찬 슬픔과 원한을 써서 품에 넣었어요. 그리고 자란과 일부러 뒤떨어져 마차 모는 아이에게 말했어요.

"동문 밖에 있는 무녀가 영험하다고 해서, 내 그 집에 가서 병을 물어 보려고 그래."

동복은 내 말대로 그 집으로 마차를 몰았어요.

저는 그 집에 가서 무녀에게 애걸했지요.

"오늘 찾아온 건 김 진사를 한번 만나보고 싶어서예요. **통지**해 주신다면 그 은혜 죽어도 잊지 않겠어요."

무녀가 그 말대로 사람을 보냈더니, 김 진사는 허겁지겁 쫓아왔어요. 두 사람은 마주본 채 할 말도 하지 못하고 다

通 知
통할 통 알 지
6급 11획 5급 8획

• **나삼(羅衫)** : 사로 만든 적삼. 흔히 혼례 때 신부가 활옷을 벗고 입는 예복.

만 눈물만 흘렸지요.

제가 편지를 주면서 말했어요.

“저녁에 반드시 돌아올 테니, 낭군님은 여기서 기다려 주세요.”

그런 다음 바로 말을 타고 갔어요.

진사는 편지를 뜯었어요. 그 사연은 이러했습니다.

지난번 *무산선녀가 전해 준 편지에는 낭랑한 음성이 종이에 가득했습니다. 읽고 또 읽어보니 슬픔과 기쁨이 뒤섞여 마음을 스스로 진정할 수가 없었어요.

바로 답장을 보내려 했지만 전할 길이 없었습니다. 또 비밀이 샐까 봐 두려워서 고개를 들어 멀리 바라보기만 했어요. 날아가고 싶지만 날개가 없으니, 애가 끊어지고 넋이 사라져 다만 죽을 날만 기다리고 있습니다. 죽기 전에 이 편지로 제 평생의 한을 다 털어놓으려 하니, 원컨대 낭군께서는 마음에 새겨 두세요.

제 고향은 남쪽입니다. 부모님은 여러 자녀 가운데서도 저를 유난히 사랑하셔서, 나가 노는 것도 하고자 하는 대로 맡겨 두셨습니다. 그래서 숲속이나 물가의 매화나무, 대나

郎 君
사내랑 임금군
3급 10획 4급 7획

• 무산선녀(巫山禪女) : 무산은 중국 사천성의 동쪽에 있는 열두 봉우리의 명산으로, 무산선녀란 무당을 가리킨다.

무, 귤나무, 유자나무 등의 그늘에서 날마다 놀았지요. 이끼낀 바위에서 고기 낚는 무리와 소먹이기를 끝내고 피리를 부는 아이들이 아침 저녁으로 눈에 들어왔으며, 그 밖에 산이나 들의 풍경과 농가의 흥취는 이루 다 말하기가 어렵습니다.

어느 정도 자라자, 부모님은 삼강오륜이며 칠언당음을 가르쳐 주셨습니다.

열세 살 때 주군이 부르셔서 부모 형제를 떠나 궁중에 들어왔지요. 고향으로 돌아가고 싶은 마음을 금할 수 없어서, 빗질하지 않은 머리에 때묻은 얼굴, 남루한 옷을 입고 더럽게 보이고자 뜰에 엎드려 울었어요. 궁인들이 보고 말하기를 '한 떨기 연꽃이 뜰 가운데서 피어났다' 고 했어요. 주군의 부인은 자식과 다름없이 저를 사랑해 주셨으며, 주군도 보통 시녀로 여기지 않으셨습니다. 또 궁 안 사람들은 모두 가족처럼 사랑해 주었지요.

家 族
집가 겨레족
7급 10획 6급 11획

공부를 한 후로는 대략 이치를 알고 글을 지을 줄 알았으므로, 나이 든 궁인들도 탄복하여 공경을 하게 되었어요. 서궁으로 옮긴 후로는 거문고를 타고 책을 읽는 데만 전념하니, 더욱 실력이 늘어 손님들이 지은 시는 눈에 차지 않았습니다. 오직 남자가 되어 세상에 이름을 날리지 못하고 헛되이 *홍안박명의 몸이 되어 깊은 궁에 갇혀 시들게 되었음을 한탄할 뿐이었습니다. 사람이 죽고 나면 누가 또 알아주겠습니까.

이렇게 되니 가슴에 한이 맺히고 마음에 원한이 쌓였어요. 수를 놓다가도 등불에 그을리고, 비단을 짜다가는 북을 던지고 베틀에서 내려오기도 했지요. 또 비단 휘장을 찢어 버리고 옥비녀를 꺾어 버리기도 하고요. 잠시 술기운을 얻으면 모든 것에서 벗어나 산책을 하다가 섬돌의 꽃을 꺾기도 하고 뜰의 풀을 뽑아 버리기도 했습니다. 얼빠진 것 같기도 하고 미친 것 같기도 하지만, 자신을 억제하지 못했어요.

지난 가을 어느 달 밝은 밤 낭군의 모습을 한 번 보고는 마음속으로 하늘의 신선이 세상에 귀양 온 것이 아닌가 여겼습니다. 제 얼굴이 다른 아홉 사람보다 훨씬 못났는데, 전생에 무슨 인연이 있었는지요? 붓의 먹물 한 점이 어떻게 가슴속 원망이 되었을까요?

발 사이로 바라보면서 낭군을 섬길 인연이 될까 헤아려 보았어요. 꿈속에서 만나 이루지 못할 사랑을 이어 볼까 생각하기도 했지요. 비록 한 번도 잠자리를 같이하지는 않았

又
또 우
3급 2획

• 홍안박명(紅顔薄命) : 아름다운 여자는 팔자가 사납다는 뜻.

지만, 옥 같은 낭군님의 모습이 눈에 아롱거렸답니다. 배나무 꽃에서 우는 두견새의 울음소리와 오동나무에 내리는 밤의 빗소리는 처량해서 차마 들을 수가 없었어요. 뜰에 풀이 돋아나고 아득히 먼 하늘에 한 조각 흰 구름이 흘러도 슬퍼서 볼 수가 없었습니다. 병풍에 기대어 앉거나 난간에 기대어 선 채 가슴을 치고 발을 구르며 푸른 하늘에 홀로 하소연하기도 했지요. 낭군께서도 저를 생각하시는지 어떤지도 모르고, 다만 낭군을 보기 전에 먼저 죽으면 어쩌나 한탄했어요. 그러면 땅이 늙고 하늘이 거칠어져도, 또한 바다가 마르고 돌이 다 부스러져 흙이 되어도 이 원한은 없어지지 않을 거예요.

오늘 빨래하러 가는 행차에 두 궁의 시녀들이 모두 모였으므로 여기에 오래 머물러 있을 수 없습니다. 눈물은 먹물로 변하고 넋은 비단실에 맺혔으니, 원컨대 낭군께서는 살펴보시기 바랍니다.

그리고 낭군께서 앞서 주신 **시구**에 대해 보잘것없지만 답시를 적었습니다. 그다지 잘된 시는 아니지만 제 마음을 담았습니다.

詩 句
시시 글귀구
4급 13획 4급 5획

그 글은 가을을 맞은 쓸쓸한 기분을 노래한 것이고, 그 시는 사랑하는 마음을 읊은 것이었어요.

그날 밤 제가 자란과 먼저 나와서 동문 밖으로 향하는데, 소옥이 미소를 지으며 절구 한 수를 지어서 주더군요. 저를 놀리는 내용이었어요.

> 사당 앞 물 한 굽이 돌아드니
> 천단에 구름 흩어지고 *구문이 열리네.
> 가는 허리는 광풍을 이기지 못하니
> 잠시 숲속에 피했다가 날이 저물어 돌아오는구나.

비경이 곧 차운했고, 금련과 보련, 부용이 이어서 차운하니, 모두 저를 희롱하는 뜻이었습니다.

• 구문(九門) : 대궐 주위에 있는 아홉 개의 문.

핵심+ 고전소설과 시(詩)

고전소설에서는 글 가운데 간혹 가요나 시가가 삽입된다. 이런 가요나 시가는 등장인물의 심리를 집약적으로 보여주는 장치이므로, 원망, 한탄 등의 심리 상태를 표현하는 데 활용된다. 〈운영전〉에도 많은 시가 나오는데, 오히려 시가 주가 되고 사건 전개는 시를 뒤따르는 느낌이다. 즉 회고시 · 부연시 · 포도시 등 20여 편의 사(詞) · 절구 · 율시 등이 작품의 골격을 이루고 있다.

찰한 | 총 12획 | 부수 宀 | 5급

틈에 얼음이 있으니, '차다'는 뜻이다.

寒氣(한기) : 추운 기운.

寒食(한식) : 우리나라 명절의 하나. 4월 5일이나 6일쯤이 되며, 조상의 산소를 찾아 제사를 지낸다.

三寒四溫(삼한사온) : 우리나라를 비롯하여 아시아의 동부, 북부에서 나타나는 겨울 기온의 변화 현상. 7일을 주기로 사흘 동안 춥고 나흘 동안 따뜻하다.

내가 찾은 사자성어

입술순 망할망 이치 찰한

脣亡齒寒

순 망 치 한

내용 » '입술이 없으면 이가 시리다'는 뜻으로, 서로 의지하는 사이에 하나를 잃으면 하나마저 온전치 못하다는 말.

알아두면 힘이 되는 상식

천단(天壇)

옛날 중국에서 천자(황제)가 하늘에 제사지내기 위해 설치한 제단이다. 명나라 태조가 남경에 대사전(大祀殿)을 짓고 천지를 함께 제사한 데서 비롯되있다. 흰 대리석을 둥글게 만든 단에 석계, 석란을 갖추었는데, 현존하는 천단 중 가장 유명한 것으로는 북경 외성 남동쪽에 있는 것을 꼽을 수 있다.

글서 | 총 10획 | 부수 曰 | 6급

말로 전해져 와서 글로 옮겨 쓴 것, 곧 책을 말한다.

書架(서가) : 책을 얹어 두는 시렁

書記(서기) : 단체나 회의에서 문서나 기록 따위를 맡아보는 사람.

書堂(서당) : 글방.

書藝(서예) : 글씨를 붓으로 쓰는 예술.

親書(친서) : 몸소 쓴 편지.

公文書(공문서) : 공공 기관이나 단체에서 공식으로 작성한 서류.

내가 찾은 속담

글 잘 쓰는 사람은 필묵을 탓하지 않는다

» 능력이 있는 사람이나 능숙한 사람은 일을 하는 데 있어서 도구가 좋지 않더라도 잘한다는 말.

운우의 정

저는 말을 타고 먼저 무녀의 집으로 갔어요. 무녀는 뾰로통한 표정으로 벽을 향해 앉아 있었어요. 진사는 나삼을 부여잡은 채 종일 우느라고 거의 넋을 잃어 제가 돌아온 것도 모르는 듯했습니다. 저는 왼손에 끼었던 운남의 옥색 금반지를 빼어 진사의 품에 넣어 주면서 말했어요.

"낭군께서 저처럼 박명한 여자를 위하여 천금 같은 귀한 몸으로 누추한 곳에 와서 기다려 주셨군요. 비록 제가 불민하지만 목석은 아니니 감히 목숨을 걸고 허락하겠습니다. 제 굳은 마음을 금반지가 증명할 것입니다."

證 明
증거 증 밝을 명
4급 19획 6급 8획

그리고 갈 길이 바빠 일어나 작별을 고하니 눈물이 비처럼 쏟아졌어요.

제가 진사에게 귓속말을 했습니다.

"서궁에서 기다리겠습니다. 낭군께서 밤을 타 서쪽 담장을 넘어 들어오시면, *삼생의 못 다한 인연을 이을 수 있을 겁니다."

이와 같이 말하고 먼저 궁으로 돌아오니, 여덟 명이 뒤따라 들어오더군요.

• 삼생(三生) : 불교에서 말하는 전생 · 현생 · 후생을 말한다.

그날 밤 삼경에 소옥이 비경과 함께 촛불을 들고 서궁으로 와서 말했어요.

"낮에 읊은 시는 별 생각 없이 지은 건데 희롱한 것처럼 되었구나. 밤이 깊었지만 사과하려고 왔어."

그러자 자란이 말했어요.

"시를 지은 다섯 명은 모두 남궁 사람이잖아. 궁을 나눈 이후로는 우리 관계가 마치 당나라 때 당파처럼 되었으니 그럴 만도 하지. 하지만 여자의 마음은 하나야. 오래도록 깊은 궁에 갇혀 외롭게 지내니, 대하는 것이라곤 오직 촛불뿐이고, 하는 일이란 거문고 타고 노래 부르는 것뿐이잖아. 온갖 꽃이 아름답게 피고 제비는 쌍쌍이 날개를 퍼덕이며 즐거워하는데, 박명한 우리는 모두 깊은 궁에 갇힌 채 봄을 생각하니 그 심정이 어떻겠어? 아침에는 구름이 되고 저녁에는 비가 된다는 무산의 선녀는 자주 초나라 왕의 꿈에 돌아갔으며, *서왕모는 *요대의 잔치에 여러 차례 참여했다고 해. 여자의 마음은 다름이 없는데, 남궁 사람들은 어찌하여 *항아처럼 정절을 지키며 영약을 도적질한 것을 뉘우치지 않지?"

비경이 소옥과 함께 눈물을 흘리며 말했습니다.

• **서왕모(西王母)** : 중국 곤륜산에 산다고 하는 선녀. 불사의 약을 가지고 있다 한다.

• **요대(瑤臺)** : 선인이 산다는 집.

• **항아(姮娥)** : 달나라에 산다는 선녀. 영약을 훔쳐 달나라로 갔다고 한다.

"한 사람의 마음은 곧 천하 사람의 마음이지. 이제 네 말을 들으니 회포가 일어나는구나."

그런 후에 절하고 갔어요.

제가 자란에게 말했어요.

"오늘 밤 진사님과 철석같이 약속을 했는데, 오늘 아니면 내일은 반드시 담을 넘어오실 거야. 오시면 어떻게 대접할까?"

자란이 말했어요.

"수놓은 휘장을 겹겹이 두르고 비단 방석을 깐 다음, 내처럼 많은 술과 산더미 같은 고기로 대접하면 되지. 오지 않을까 걱정이지, 온다면야 대접하는 게 무엇이 그리 어렵겠니?"

그날 밤에는 과연 오시지 않았습니다. 진사가 그곳을 가만히 살펴보셨는데, 담장이 너무 높고 험해서 날개가 없으면 넘을 수 없을 것 같더랍니다. 어쩔 수 없이 집에 돌아가서 맥없이 근심하고 앉아 있었지요. 진사의 집에는 이름이 '특'이라 하는 종이 있으니, 그는 평소 꾀가 많았습니다. 특이 진사의 안색을 살피더니 그 앞에 무릎을 꿇고 말했어요.

"얼굴에 나타난 빛을 보니 오래 사시지 못하겠군요."

그리고 뜰에 엎드려 울었어요.

진사가 그 손을 잡고 마음속의 시름을 말했더니 특이 말했어요.

"왜 진작 말씀하시지 않았습니까? 염려 마세요. 제가 힘써 보겠습니다."

특은 곧 사다리를 만들었는데, 매우 가볍고 접었다 폈다 할 수 있는 것이었어요. 펼치면 오륙 장(약 15미터)이나 되지만, 접으면 병풍 같아서 운반하기가 쉬웠답니다.

특이 말했어요.

"이 사다리를 가지고 궁의 담장에 올라 넘어가세요. 안에 들어가면 접어 두었다가 나올 때 또 그와 같이 하세요."

진사가 특에게 뜰에서 시험하게 했더니, 과연 그의 말과 같았어요. 진사는 매우 기뻐했어요.

그날 밤 진사가 궁으로 가려고 할 때, 특이 품속에서 가죽신을 꺼내 주면서 말했어요.

"이게 있으면 넘어가기 쉬울 겁니다."

진사가 그 가죽신을 신어 보니, 나는 새처럼 가볍고 걸어도 발소리가 나지 않았습니다.

智 慧
지혜 지 지혜 혜
4급 12획 3급 15획

진사는 특의 지혜에 감탄하며 그가 시키는 대로 담장을 넘어 들어가 대나무 숲에 엎드려 숨었어요. 달빛은 대낮같이 밝고 궁 안은 조용했습니다.

얼마 후 인기척이 나더니, 한 사람이 안에서 나와 이리저리 거닐며 시를 읊조렸습니다. 그 사람은 자란이었어요.

진사는 생각할 사이도 없이 대나무를 헤치고 고개를 내밀었습니다.

"누군데 여기에 오는 거요?"

자란이 웃으며 말했어요.

"이리 나오세요."

진사는 나가서 절을 하고 말했어요.

"나이 어린 사람이 그리움을 이기지 못해 죽음을 무릅쓰고 감히 여기까지 왔습니다. 낭자께서는 부디 가련하고 불쌍하게 여겨 주십시오."

자란이 말했습니다.

"진사께서 오시기를 심한 가뭄에 비를 바라듯 하고 있었습니다. 다행히 이제 뵙게 되어 저희가 살아났습니다. 염려 말고 이리 오세요."

자란은 곧 진사를 안으로 이끌었어요.

진사는 층계를 거쳐 굽은 난간을 돌아 어깨를 움츠린 채 들어오셨어요. 저는 창문을 열고 옥등을 밝히고 앉아 있었어요. 짐승 모양의 화로에 향을 피우고 유리 같은 책상에는 《태평광기》를 펴놓고 있다가, 진사가 오시는 것을 보고 일어나 맞으며 절을 했지요. 진사께서 답례를 하시더군요. 두 사람은 손님과 주인의 예로써 동서로 나누어 앉았지요. 자란에게 진수성찬을 내오게 하고 자하주를 따라서 권했습니다.

玉 燈
구슬옥 등등
4급 5획 4급 16획

석 잔을 마시더니, 진사는 취한 듯이 말했어요.

"밤이 얼마나 깊었나?"

자란은 곧 그 뜻을 알아차리고 휘장을 내리더니 나갔습니다. 저는 등불을 끄고 잠자리에 누웠어요. 그 즐거움은 가히 짐작하실 것입니다.

밤이 가고 새벽이 될 무렵 뭇 닭이 울어대기 시작하자 진사는 바로 일어나 돌아가셨어요. 그 이후로 날마다 어두울 때 들어와서 새벽에 돌아가셨지요. 사랑은 깊어 가고 정은 두터워져 그칠 수가 없었어요. 그러다 보니 궁중 담장 안의 눈 위에 자주 발자국이 남게 되었지요. 궁인들이 그 발자국을 보고 그가 출입하는 것을 알게 되었으니, 자연히

소문이 퍼졌습니다. 제 운명은 그야말로 바람 앞의 등불 같았지요.

진사도 그것을 알고는 좋은 일의 끝이 화가 되지 않을까 몹시 걱정하셨어요. 마음속으로 크게 두려워서 종일 기분이 좋지 않았는데, 특이 밖에서 들어와 선웃음을 치며 말했어요.

"제 공이 매우 큰데, 지금까지 상을 안 주십니까?"

진사가 말했어요.

"마음속에 깊이 새겨 잊지 않고 있네. 머지않아 큰 상을 주지."

그러자 특이 물었어요.

"그건 그렇고, 안색을 뵈니 근심거리가 있으신 듯하군요. 무슨 일입니까?"

"만나지 못했을 때는 골수에 병이 들더니, 만나고 나니 죄가 헤아리기 힘들군. 그러니 어찌 근심하지 않겠는가?"

특이 말했어요.

"그러면 왜 데리고 달아나지 않으십니까?"

진사는 그 말이 옳다고 여겨, 그날 밤 제게 와서 특의 계교를 말씀하셨지요.

"특이 본래 꾀가 많은데 이런 말을 하는구려. 그 계교가 어떻소?"

제가 말했어요.

"제가 궁에 들어올 때 부모님이 마련해 주신 의복과 재물이 많이 있어요. 그리고 궁에 들어온 후 주군께 받은 것도 많은데, 그것들을 버리고 갈 수는 없으니 어쩌면 좋지요? 그걸 옮기려고 하면 아마 말 열 필로도 모자랄 거예요."

진사가 돌아가서 특에게 그 말을 했어요.

특은 매우 기뻐하며 말했어요.

"그쯤이야 뭐 어려울 게 있습니까."

진사가 말했어요.

"그럼 어디 계략을 세워 보아라."

그러자 특이 말했어요.

"제 친구 중 기운 쓰는 자가 이십 명 정도 있습니다. 힘이 얼마나 센지 능히 당할 사람이 없지요. 저와 아주 친해서 제 말이면 들어 줄 겁니다. 그들에게 그 짐을 운반하게 하시죠. 아마 태산이라도 옮길 겁니다."

핵심+ 안견(安堅)의 '몽유도원도'와 수성궁

'몽유도원도(夢遊桃源圖)'는 안견이 안평대군을 위해 그린 그림이다. 안평대군이 무릉도원을 꿈에서 보고 그리게 한 것이다. 그림에 표현된 은밀하지만 완벽한 조화를 이룬 무릉도원의 세계는 〈운영전〉에 나오는 수성궁과 매우 닮았다. 그것은 바로 안평대군의 내면에 숨어 있는, 그리하여 도달하고 싶었던 이상세계의 모습이다.

好樂好樂 한자 노트

기다릴대 | 총 9획 | 부수 彳 | 6급

어떤 장소에서 서성대며 기다린다는 뜻이다.

待期(대기) : 때나 기회를 기다림.
待望(대망) : 바라고 기다림.
待遇(대우) : 어떤 사회적 관계나 태도로 대하는 일.
下待(하대) : 상대편을 낮게 대우함.
待合室(대합실) : 공공시설에서 손님이 기다리며 머물 수 있도록 마련한 곳.

내가 찾은 사자성어

학학 머리수 쓸고 기다릴대
鶴首苦待
학 수 고 대

내용 » '학처럼 목을 빼고 기다린다'는 뜻으로, 몹시 기다림을 뜻하는 말.

알아두면 힘이 되는 상식

태평광기(太平廣記)

중국 송나라 때 편찬한 오백 권이나 되는 방대한 소설집. 종교 관계의 이야기와 정통 역사책에 실리지 않은 기록 및 소설류를 모은 것으로, 당시의 유명한 학자 이방(李昉) 등 열두 명의 학자와 문인이 편집에 참여했다. 송나라 이전 시대의 소설 중에서 원형 그대로 완전하게 전해지는 것은 하나도 없으므로, 그 일부를 보존하는 역할을 다한 것으로서 귀중한 책이다.

높을고 | 총 10획 | 부수 高 | 6급

높고 큰 문 위에 다시 높은 누각을 세워 놓은 모양을 본뜬 글자이다.

高價(고가) : 비싼 가격이나 값이 비싼 것.

高利(고리) : 보통의 이자를 초과하는 비싼 이자.

高手(고수) : 어떤 분야나 집단에서 기술이나 능력이 매우 뛰어난 사람.

等高線(등고선) : 지도에서 해발 고도가 같은 지점을 이은 곡선.

내가 찾은 속담

높은 가지가 부러지기 쉽다

≫ 높은 지위일수록 그 자리를 오래 지키기가 어려움을 비유적으로 이르는 말.

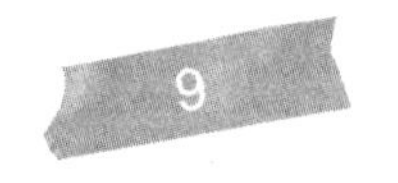

의심

진사가 제게 와서 말하기에, 저도 그렇게 하는 것이 옳다고 여겼어요. 그래서 밤마다 재물을 챙겨, 이레 만에 다 밖으로 운반했지요.

특이 말했습니다.

"이와 같이 귀중한 것들을 댁에 쌓아 두면 필시 어르신께서 의심하실 것입니다. 그렇다고 저의 집에 두면 이웃 사람들이 의심할 게 틀림없습니다. 그러니 산속에 구덩이를 파고 깊이 묻어 둔 다음 굳게 지키는 게 좋겠습니다."

"그러다가 만약 잃어버리면 나와 너는 도둑 혐의를 벗기 어려울 테니, 조심해서 잘 지키도록 해라."

진사의 말에 특은 시원스럽게 대답했어요.

"제 친구가 이와 같이 많고 제 계략이 이와 같이 치밀하니 천하에 어려울 것이 없습니다. 게다가 제가 그 재물을 묻어 둔 곳에서 긴 칼을 들고 밤낮으로 지킬 테니, 제가 눈을 뜨고 있는 한 빼앗아 갈 자가 없을 겁니다. 아무 염려 마십시오."

사실 특의 속셈은 따로 있었지요. 저와 진사를 산속으로

유인하여 진사를 죽인 후 저와 재물을 차지하려는 흉악한 계획이었습니다. 진사는 세상 물정 모르는 선비라서 전혀 그런 의심을 하지 않았어요.

대군은 전에 지은 비해당에 멋진 현판을 걸어 놓으려 하셨어요. 그런데 여러 문사들의 시는 모두 마음에 들지 않아서 억지로 김 진사를 부르셨습니다. 그리고 잔치를 베풀고 간청하셨지요.

진사는 한 번 붓을 휘둘러 글을 지었는데, 다시 손볼 데가 없이 산속의 경치와 집의 모습을 함께 표현했어요. 가히 비바람을 놀라게 하고 귀신을 울릴 정도였습니다.

대군께서는 칭찬하셨어요.

"오늘 생각지 않게 다시 선인을 보게 되었도다."

그리고 조용히 읊기를 그치지 않으시다가, '담을 넘어 은밀하게 풍류를 즐기네' 라는 구절에 이르러 멈추고 의심스러워하셨어요.

진사는 일어나 절하면서 말했어요.

"취해서 글씨를 살필 수가 없으니, 원컨대 물러가게 해 주십시오."

대군은 종에게 명하여 부축해서 보냈지요.

다음날 밤 진사가 와서 제게 말했습니다.

"달아나는 게 좋겠소. 어제 지은 시로 대군께 의심을 샀으니, 오늘 밤에 도망치지 않으면 화를 피하기가 어려울 것 같소."

제가 말했지요.

"어젯밤 꿈에 어떤 흉악하게 생긴 사람을 보았는데, 스스로 *모돈선우라 하면서 '이미 약속한 대로 장성 밑에서 오래도록 기다렸소' 라고 하더군요. 놀라서 깨어났어요. 꿈이 상서롭지 않으니, 낭군께서도 생각해 보세요."

"꿈은 헛되다고 했는데 어찌 믿을 수 있겠소?"

"장성이라고 한 건 궁궐을 둘러싸고 있는 성벽이며, 모돈이라 한 것은 특이니, 낭군께서는 그 노복의 마음을 잘 아세요?"

"그자가 본래 어리석고 음흉하지만, 앞서 내게 충성을 맹세했소. 오늘 낭자와 이와 같이 아름다운 인연을 맺은 것은 모두 그자가 꾀를 낸 것이라오. 그러니 처음엔 충성하다가 끝에 가서 어찌 악한 짓을 하겠소?"

"낭군의 말씀이 이같이 간절하시니 제가 어찌 거역하겠어요? 다만 자란은 형제와 같으니 말하지 않을 수 없네요."

• **모돈선우(冒頓單于)** : 흉노국을 건설한 사람. 아버지를 죽이고 추장의 자리에 올라 아시아 최고의 유목 국가를 세웠다.

그리고 자란을 불러, 세 사람이 앉은 자리에서 제가 진사의 계획을 말했지요.

자란은 크게 놀라 꾸짖었어요.

"서로 사랑한 지 오래되니 재앙을 부르는구나. 한두 달 사귀었으면 족하지, 담을 넘어 도망치는 게 사람으로서 할 짓이니? 첫째 주군께서 그렇게 마음을 기울이셨으니 도망할 수 없고, 둘째 마님께서 근심하고 사랑해 주셨으니 도망할 수 없고, 셋째 화가 부모님께 미칠 테니 도망할 수 없고, 넷째 죄가 서궁 전체에 미칠 것이니 도망할 수 없어. 또한 천지가 하나의 그물이니 하늘로 오르거나 땅 속으로 들어가지 않는 이상 어디로 도망가겠니? 만일 그러다가 잡히면 그 화가 네 한 몸에 그치겠니? 꿈이 불길하다는 것은 그만두고, 만약 꿈이 좋다면 즐거운 마음으로 가려고 했어? 마음을 굽히고 뜻을 누른 후 조용히 앉아서 하늘에 귀를 기울이도록 해. 세월이 가서 네 얼굴이 늙으면 주군의 사랑도 점차 식겠지. 형편을 보아 병이 들었다고 누워 있으면 반드시 고향에 돌아가도록 허락해 주실 거야. 그때 낭군과 함께 돌아가서 해로하는 게 가장 큰 계교야. 그런 생각을 못하고 되지도 않는 계획을 세우니, 사람을 속일 수는 있어도 감히

主 君
주인 주 임금 군
7급 5획 4급 7획

하늘을 속이겠니?"

이에 진사는 일이 이루어지지 않을 것을 알고 탄식하며 눈물을 머금고 나갔습니다.

어느 날 대군이 서궁 난간에 앉아 있다가 철쭉이 만발한 것을 보시고, 시녀들에게 각기 오언절구를 지어 올리라고 하셨어요.

시를 다 짓자, 대군이 보시고 매우 기뻐하며 칭찬하셨지요.

"너희의 글솜씨가 나날이 발전하니, 참으로 기쁘다. 다만 운영의 시는 분명 사람을 그리워하는 뜻이 있으니, 누구를 그리워하는지 모르겠구나. 김 진사의 *상량문에도 의심할 만한 점이 있더니, 혹시 네가 김 진사를 생각하는 것 아니냐?"

發 展
필발 펼전
6급 12획 5급 10획

그 말에 저는 곧 뜰로 내려가 엎드려 머리를 조아리며 울었어요.

"전에 주군께 의심을 받았을 때 곧 스스로 죽고 싶었습니다. 하지만 나이가 아직 스무 살도 안 되었고, 또 부모님을 뵙지 못하고 죽으면 *구천에서도 한이 되겠기에 구차하게 살아서 여기까지 이르렀습니다. 그런데 지금 다시 의심

• 상량문(上樑文) : 기둥에 보를 얹고 그 위에 마룻대를 올릴 때 이를 축복하는 글.

• 구천(九泉) : '땅속 깊은 밑바닥'이라는 뜻으로, 죽은 뒤에 넋이 돌아가는 곳을 이르는 말.

을 받으니, 한 번 죽는 게 무엇이 힘들겠습니까? 천지 귀신은 밝게 살피시옵소서. 다섯 시녀가 잠시도 떨어지지 않았는데, 더러운 이름이 홀로 제게만 돌아왔으니 살아도 죽는 것만 못합니다. 이제 저는 죽을 수밖에 없습니다."

그리고 곧 비단천으로 난간에 목을 매려고 했어요.

자란이 말했습니다.

"주군께서 이처럼 죄 없는 시녀를 죽음으로 몰아넣으시니, 지금부터 저희는 맹세코 붓을 잡아 글을 짓지 않겠습니다."

只 今
다만지 이제금
3급 5획 6급 4획

대군은 크게 화가 나셨지만, 진정으로 죽는 것을 바라지는 않으셨으므로 자란으로 하여금 구하게 하셨습니다. 그런 다음 흰 비단 다섯 필을 내어 나누어 주시며, 글을 매우 잘 지어서 상으로 준다고 하셨습니다.

핵심+ 〈운영전〉의 작자

〈운영전〉은 대부분의 고대소설과 마찬가지로 작자가 누구인지 밝혀지지 않았다. 운영과 김 진사를 만나 이야기를 듣는 유영이 작자라고 주장하는 '유영 작자설'과, 유영은 단순히 소설 속의 가상인물일 뿐이라는 설이 있다. 읽기에 따라서 유영을 서술자 겸 작자로 볼 수도 있지만, 운영이 가공의 인물, 허구의 인물인 것과 마찬가지로 유영 또한 가공의 인물이라는 견해가 지배적이다.

好樂好樂 한자 노트

처음시 | 총 8획 | 부수 女 | 6급

여자(女)가 아기를 막 임신하여 기뻐한다(台) 하여 '처음'을 뜻한다.

始動(시동) : 처음으로 움직이기 시작함. 또는 그렇게 되게 함.

始作(시작) : 어떤 행동이나 현상의 처음.

始初(시초) : 맨 처음.

始末(시말) : 처음과 끝.

始發點(시발점) : 첫 출발을 하는 지점.

내가 찾은 사자성어

처음시 마칠종 한일 꿸관

始終一貫

시 종 일 관

내용 » 처음과 끝이 같음.

알아두면 힘이 되는 상식

해로(偕老)

'해로동혈(偕老同穴)'의 준말이다. 살아서는 같이 늙고 죽어서는 한 무덤에 묻힌다는 뜻으로, 생사를 같이 하는 부부의 사랑의 맹세를 가리키는 말이다. 《시경》에 나온 말로, 해로라는 말은 '부인의 손을 잡고 그대와 함께 늙으리', 동혈이라는 말은 '살아서는 다른 방에서 살았지만 죽어서는 같은 무덤에 들자'라는 구절에서 딴 것이다.

사귈교 | 총 6획 | 부수 亠 | 6급

걸을 때 두 발이 엇갈리거나 발맞춰 나아가는 모습을 본뜬 글자이다.

交感(교감) : 서로 접촉하여 따라 움직이는 느낌.

交代(교대) : 어떤 일을 여럿이 나누어서 차례에 따라 맡아 함.

交分(교분) : 서로 사귄 정.

外交官(외교관) : 외국에 머무르며 자기 나라를 대표하여 외교 사무를 보는 관직. 또는 그 사람.

내가 찾은 속담

사귀어야 절교하지

» 서로 관계가 있어야 끊을 일도 있다는 뜻으로, 어떤 원인이 있어야 결과가 있음을 이르는 말.

못다한 사랑

그후로 진사는 다시는 출입하지 못했지요. 결국 진사는 문을 닫고 몸져누운 채 눈물로 이불을 적셨습니다. 마치 가는 실오라기처럼 목숨이 위태로울 정도였어요.

특이 와서 보고는 말했습니다.

"대장부가 죽으면 죽는 것이지, 어찌 그리움으로 원한이 맺히는 것을 견디고 아녀자처럼 초조하게 굴어서 천금 같은 몸을 상하게 하십니까? 계교를 써서 취하면 어렵지 않습니다. 깊은 밤 인적이 드물 때 담을 넘어 들어가, 솜으로 입을 막은 채 업고 나오면 누가 감히 좇아오겠습니까?"

"그건 위험하니, 정성을 다해 말해 봐야겠다."

그날 밤 진사가 담을 넘어 들어오셨지요. 저는 병이 들어 일어나지 못해, 자란으로 하여금 맞게 하여 술 석 잔을 권했어요. 그런 다음 제가 편지를 드리며 말했지요.

"이후로는 다시 볼 수 없을 것이니, 삼생의 인연과 백 년의 가약이 오늘 밤으로 끝인 듯싶습니다. 혹 인연이 다하지 않았다면 구천지하에서나마 만날 겁니다."

진사는 편지를 안고 우두커니 서서 말없이 바라보다가,

가슴을 치고 눈물을 흘리며 나갔어요. 자란은 가엾어서 차마 보지 못해 기둥에 기대어 몸을 숨기고 눈물을 뿌렸습니다.

진사는 집에 돌아가 편지를 뜯어보았습니다. 그 사연은 이러했지요.

박명한 첩 운영이 절하며 낭군께 아룁니다.

저는 하찮은 몸으로 불행히 낭군의 사랑을 입어, 서로 생각하기를 몇 날이요 서로 바라보기를 몇 번이나 하다가 다행히 하룻밤의 즐거움을 누렸습니다. 그렇지만 바다처럼 깊은 정은 다하지 못했습니다.

인간의 좋은 일에는 하늘의 시기가 있는 법이지요. 궁인들이 알고 대군께서 의심하셔서 재앙이 코앞에 닥쳤으니 죽는 수밖에 없습니다.

엎드려 바라건대, 낭군은 작별한 후로 못난 저를 가슴에 품어 두어 괴로워하지 마세요. 그저 힘써 공부하셔서 장원급제하여 벼슬길에 오르고 이름을 떨쳐 부모님을 영화롭게 하세요. 저의 옷가지와 보화는 모두 팔아서 부처님께 바치고, 지성으로 기도하시어 삼생의 못 다한 인연을 후세에 다시 잇게 하시면 좋겠습니다.

壯 元
장할 장 으뜸 원
4급 7획 5급 4획

진사는 편지를 다 보지 못하고 기절하여 땅에 넘어지니, 집안사람들이 급히 구하여 다시 살아났지요.

특이 밖에서 들어와 물었어요.

"궁인이 뭐라 답변했기에 이렇듯 죽으려고 하십니까?"

진사는 다른 말은 하지 않고 다만 이렇게 말했습니다.

"그 재물은 네가 잘 지키고 있겠지? 내 장차 그걸 팔아서 부처님께 치성을 드려 약속을 실천해야겠다."

致 誠
이를치 정성성
5급 10획 4급 14획

특은 집에 돌아가 생각했어요.

'이제 궁인이 나오지 않으니, 그 재물은 하늘이 내게 주신 거야.'

그러면서 벽을 쳐다보며 몰래 웃었습니다. 사람들은 그 까닭을 몰랐지요.

어느 날, 특이 스스로 옷을 찢고 자기 코를 쳐서 그 피를 온몸에 바르고는 뛰어들어왔습니다. 그는 맨발로 머리를 흩뜨린 채 뜰에 엎어져 울었어요.

"강도의 습격을 받았습니다."

그런 다음, 다시는 말을 하지 않고 기절한 체했습니다.

진사는 만일 특이 죽으면 재물 묻어 둔 곳을 알지 못할까 두려웠습니다. 그래서 손수 약을 달여서 특에게 먹여 살려

냈어요. 게다가 술과 고기까지 먹이니, 열흘 만에 일어나 말했습니다.

"제가 홀로 산속에서 지키고 있는데 수많은 강도들이 습격해 왔어요. 그대로 있다가는 죽을 것 같아 도망쳐 가까스로 목숨을 보존하게 되었지요. 만일 그 재물이 아니었다면 제게 어찌 그런 위험이 있겠습니까? 하지만 이젠 명을 어긴 꼴이 되었으니, 빨리 죽는 게 나을 것 같습니다."

保 存
지킬 보 있을 존
4급 9획 4급 6획

특은 발로 땅을 구르고 주먹으로 가슴을 치며 울었습니다. 진사는 혹시 부모님이 알까 염려하여 좋은 말로 위로하여 보냈습니다.

그 얼마 후 진사는 특의 소행을 알게 되어, 노복 십여 명을 데리고 쫓아갔지요. 특의 집을 에워싸고 뒤졌지만, 겨우 *운남 보경 하나와 금팔찌 한 쌍을 얻었답니다. 처음엔 그것을 증거물로 삼아 관가에 고발하려고 했습니다. 그러나 일이 누설될까 두렵고, 만일 재물을 찾지 못하면 부처님께 드릴 것이 없고, 특을 죽이고 싶었지만 힘으로 당해낼 수가 없었으므로, 그저 잠자코 있을 수밖에 없었어요.

官 家
벼슬관 집가
4급 8획 7급 10획

특은 스스로 그 죄를 알고는 궁 담장 밖 맹인에게 가서 물었습니다.

"얼마 전 새벽에 이 궁 담 밖을 지나는데, 어떤 사람이 서쪽 담장을 넘어 나왔습니다. 나는 도둑인 줄 알고 소리를 지르며 쫓아갔지요. 그자가 갖고 있는 것을 버리고 달아나기에, 그걸 주워서 임자가 찾아가기를 기다리고 있었습니다. 그런데 우리 주인이 내가 뭘 갖고 있다는 말을 듣고 와서 찾더군요. 내가 다른 건 없고 팔찌와 거울만 얻었다고 하자, 그걸 그만 가져가 버렸습니다. 그러고도 마음에 차

• 운남 보경(雲南寶鏡) : 중국 운남에서 만든 거울.

지 않는지, 이젠 나를 죽이려고 합니다. 어떻게 하는 게 좋을까요? 도망가면 길하겠습니까?"

맹인이 대답했습니다.

"도망가면 길하겠군."

그 옆에 있던 사람이 그 소리를 듣고 특에게 말했습니다.

"네 주인은 어떤 사람이기에 노복을 이처럼 학대한단 말이냐?"

"우리 주인은 나이는 어리지만 글을 잘 지어서 곧 급제할 겁니다. 그런데 이와 같이 탐욕스러우니, 훗날 조정에 나아가면 어떨지 알 수 있지요."

幼
어릴 유
3급 5획

핵심+ 〈운영전〉 등장인물의 성격

운영 : 비인간적인 삶에서 벗어나 참된 삶을 살고 싶어하는 나약한 궁녀. 순결하고 뜨거운 정열과 지성을 지닌 여인이다.

김 진사 : 정서적이며 감상적인 인물. 운영과의 순수한 사랑의 성취가 현실적 장벽에 가로막히자 운영의 뒤를 따라 죽음으로써 시간과 공간을 뛰어넘는 영원한 사랑을 획득했다.

안평대군 : 겉으로는 품위 있는 행동을 보이며 도덕군자인 척하지만, 밑바닥엔 위선이 깔려 있는 전근대적 사고를 지닌 인물이다.

好樂好樂 한자 노트

구원할구 | 총 11획 | 부수 攵 | 5급

바르게 인도하기 위해 매를 드니, 구원의 뜻이다.

救國(구국) : 나라를 구함.
救命(구명) : 목숨을 구함.
救人(구인) : 어려운 일을 당할 때 구해 주는 사람.
救出(구출) : 위험한 상태에서 구해 냄.
救世主(구세주) : 인류를 죄악에서 구원하는 주로서의 예수를 가리키는 말.

놀며 배우는 파자놀이

여덟 개의 칼로 이루어진 것은?

» 八+刀니, 分(나눌 분)이다.

알아두면 힘이 되는 상식

안평대군(安平大君)과 수양대군(首陽大君)

안평대군은 세종의 셋째 아들이고, 수양대군은 둘째 아들이다. 안평대군은 시 · 글씨 · 그림 · 가야금 등에 능하고, 특히 글씨에 뛰어나 당대의 명필로 꼽혔다. 그 반면, 수양대군은 무인세력을 휘하에 두고 야망의 기회를 엿보다가 조카인 단종으로부터 왕위를 빼앗는다. 이때 원로대신인 김종서 등을 죽였는데, 자신의 경쟁자였던 동생 안평대군마저 제거한다.

길할길 | 총 6획 | 부수 口 | 5급

선비(士)의 말(口)을 높게 여기니, '좋다'는 뜻이다.

吉相(길상) : 복을 많이 받을 상.

吉運(길운) : 좋은 운수.

吉日(길일) : 운이 좋거나 상서로운 날.

吉凶(길흉) : 운이 좋고 나쁨.

立春大吉(입춘대길) : 입춘을 맞이하여 길운을 기원하며 벽이나 문짝 따위에 써 붙이는 글귀.

놀며 배우는 파자놀이

점이 있는 임금은?

≫ 丶+王이니, 玉(구슬 옥)이다.

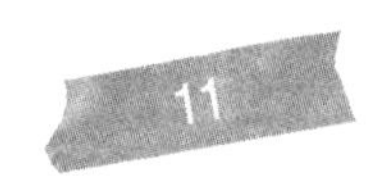

11 아침 이슬

이 말이 퍼져서 궁으로 들어가니, 궁인이 대군께 고했습니다. 대군은 크게 노하여 남궁 사람들에게 서궁을 뒤지게 하셨지요. 제 의복과 보화가 모조리 사라지고 없는 것을 보고 대군은 몹시 화를 내셨어요. 서궁 시녀 다섯 명을 뜰에 끌어낸 다음, 형벌 도구를 눈앞에 엄하게 갖추어 놓고 명하셨어요.

"이 다섯 명을 죽여서 다른 사람을 징계하는 데 본보기를 삼아라."

그리고 형벌을 집행하는 사람에게 분부하셨어요.

執行
잡을집 행할행
3급 11획 6급 6획

"매 숫자를 헤아리지 말고 죽을 때까지 쳐라."

이에 다섯 사람이 호소했지요.

"원컨대 한번 말이나 하고 죽게 해 주십시오."

대군이 말씀하셨습니다.

"하고 싶은 말이 무엇이냐? 어서 말해 보아라."

먼저 은섬이 글을 올렸습니다.

음양의 이치에 따른 것이니, 남녀의 정욕은 귀천을 막론

하고 사람이면 누구나 다 가지고 있는 법입니다. 한번 깊은 궁에 갇혀 외로운 몸이 되니, 꽃을 보아도 눈물이 앞을 가리고 달을 대하여도 멍하니 슬퍼집니다. 그리하여 매화나무에 앉은 꾀꼬리에게 그 열매를 던져 쌍쌍이 날지 못하게 하고, 발을 쳐서 제비가 쌍으로 집을 짓지 못하게 했습니다. 그것은 다름이 아니라 스스로 정욕을 이기지 못함이며, 또한 질투심 때문이니 어찌 슬프지 않겠습니까.

한번 담장을 넘으면 세상의 즐거움을 알 수 있지만, 저희는 오랫동안 깊은 궁에 갇혀 그렇게 하지 못합니다. 그것이 어찌 저희의 힘이 부족해서였겠습니까. 오직 주군의 위엄이 두려워서 이 마음을 굳게 지키고 있다가, 궁중에서 시들어 죽을 뿐입니다. 이제 지은 죄가 없는데도 불구하고 죽게 되었으니, 저희는 황천에서도 눈을 감을 수 없을 것입니다.

다음으로 비취가 올리니, 그 내용은 이렇습니다.

주군께서 사랑해 주신 은혜는 산보다 높고 바다보다 깊으니, 어찌 감동이 없겠습니까. 저희는 주군의 깊은 은혜에 감사하며, 그저 외로이 심궁에 거처하면서 달 밝은 가

을, 꽃 피는 봄날에도 이 마음 변치 않고 오직 시를 짓거나 그림을 그리고, 거문고를 뜯으며 노래를 부를 뿐입니다. 이제 씻을 수 없는 오명이 서궁에 두루 미치니 어찌 원통하지 않겠습니까. 사는 게 죽는 것만 못합니다. 엎드려 비오니 속히 죽을 땅으로 나아가게 해 주십시오.

세 번째로 자란이 올린 글은 이렇습니다.

어찌 차마 마음속에 품고 있는 바를 감추겠습니까. 저희는 모두 **평민**의 천한 여자로서 아버지가 순 임금이 아니고 어머니가 그 두 왕비인 아황과 여영이 아니니, 어찌 남녀의 정이 저희에게만 없겠습니까.

주나라 목왕도 천자로서 늘 요대의 즐거움을 생각했고, 항우는 영웅이지만 *해하에서 눈물을 금치 못했으며, 당 현종 같은 영민한 왕도 항상 *마외의 한을 생각했는데, 주군께서는 운영에게만 홀로 남녀의 정이 없다고 하려 하십니까. 김 진사는 이 시대의 단정한 선비인데, 그를 내당으로 끌어들인 것은 주군이십니다. 또 운영에게 명하여 벼루를 받들게 한 것도 주군이시고요.

• **해하(垓下)** : 중국 안휘성 회사도 영벽현 동남쪽의 땅으로, 기원전 202년에 한고조의 군사가 초나라 항우의 군사를 쳐서 크게 이긴 곳.

• **마외(馬嵬)의 한(恨)** : 중국 당나라 현종이 마외에서 총애하던 양귀비를 죽인 고사.

운영이 오랫동안 깊은 궁에 있으면서 달 밝은 가을, 꽃 피는 봄날이면 언제나 마음을 상했고, 오동잎에 떨어지는 밤비에 수도 없이 애끓는 심정을 가졌습니다. 그러다가 한번 잘생긴 남자를 보고는 넋을 빼앗겨 병이 골수에 사무쳤습니다. 아무리 좋은 약이나 명의라도 고치기 어렵게 되었지요. 만일 운영이 아침 이슬처럼 사라진다면, 주군께서 비록 불쌍하게 여겨 돌보고자 하신들 무슨 소용이 있겠습니까. 제 어리석은 생각으로는, 한번 김 진사로 하여금 운영을 만나보게 하여 두 사람의 마음속 한을 풀어 주신다면 주군의 적선이 막대할 것입니다.

所 用
바소 쓸용
7급 8획 6급 5획

운영이 절개를 깨뜨린 것은 저한테 죄가 있습니다. 운영이 무죄라는 저의 말은 위로는 주군을 속이지 않고 아래로는 동료를 저버리지 않을 것입니다. 오늘의 죽음은 또한 영광이라 생각합니다. 엎드려 바라건대, 주군께서는 제 몸으로 운영의 목숨을 대신해 주십시오.

네 번째 옥녀의 글은 이렇습니다.

서궁의 영화에 이미 제가 참여했는데, 서궁의 재앙을 저만 면할 수 있겠습니까. 화염이 곤륜산을 태울 때 옥과 돌이 같이 타는 법이니, 오늘의 죽음은 그 죽을 바를 얻었으니 죽어도 유감이 없습니다.

마지막으로 제가 글을 올렸지요.

堅 굳을견 4급 11획

주군의 은혜는 산과 같고 바다 같습니다. 그런데 정절을 굳게 지키지 못했으니 그 죄가 하나이며, 앞서 지은 시로 주군께 의심을 받았는데 끝내 바로 아뢰지 못했으니 그 죄

둘이고, 서궁의 죄 없는 사람들이 저로 인해 같이 죄를 받게 되었으니 그 죄가 셋입니다. 이런 큰 죄를 세 가지나 짓고 산들 무슨 면목이 있겠습니까. 만약 죽음을 면하여 주신다 해도 저는 마땅히 자결할 것입니다. 속히 죽여 주십시오.

自 決
스스로자 결단할결
7급 6획 5급 7획

대군은 보기를 마치고 나서 자란의 글을 다시 펼쳐보셨습니다. 노여움이 다소 가라앉으신 듯했어요.

소옥이 무릎을 꿇고 앉아 울면서 말했습니다.

"이전에 빨래하러 갈 때 성 안으로 가지 말자고 한 것은 제 의견이었습니다. 그런데 자란이 밤에 남궁에 와서 간절하게 청하기에, 그 뜻을 안타까이 여겨 여러 의견을 뒤로 하고 따랐지요. 운영이 절개를 깨뜨린 것은 저한테 죄가 있지 운영에게 있지 않습니다. 바라건대 주군께서는 제 몸으로 운영의 목숨을 대신하소서."

대군은 노여움이 조금 풀어져서 저를 별당에 가두고 다른 궁인들은 다 돌려보내셨어요.

그날 밤 저는 비단 수건으로 목을 매어 죽었습니다.

핵심+ 운영의 죽음이 뜻하는 것

운영은 김 진사와 조선의 봉건적 사회제도의 모순된 현실을 뛰어넘어 진실한 사랑을 추구하다가 결국 한계에 부딪혀 자살하고 만다. 그러나 운영의 죽음이 단순히 비극성만을 나타내지는 않는다. 그녀의 죽음은 순수한 애정마저 감추어야 하는 유교적 구속과 궁녀의 억압된 삶에 대한 저항이며, 인간성의 해방이라는 의미를 내포하고 있기 때문이다. 즉 비인간적 규제와 형식에 매인 삶을 벗어나 진정한 자아를 찾기 위한 방편이 바로 죽음이었다.

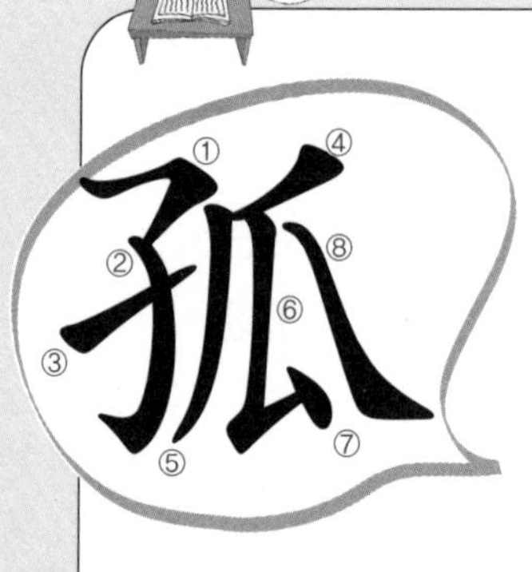

외로울고 | 총 8획 | 부수 子 | 4급

오이의 덩굴이 마르고 열매(瓜)만 홀로 남듯이 부모를 일찍 여읜 아이(子)의 외로움을 나타낸 글자이다.

孤島(고도) : 외따로 떨어진 섬.

孤獨(고독) : 세상에 홀로 떨어져 있는 듯이 매우 외롭고 쓸쓸함.

孤立(고립) : 홀로 외따로 떨어져 있음.

孤兒(고아) : 부모를 여의거나 부모에게 버림받아 몸 붙일 곳이 없는 아이.

내가 찾은 사자성어

외로울고 군사군 떨칠분 싸움투
孤軍奮鬪
고 군 분 투

내용 » 적은 인원의 약한 힘으로 타인의 도움도 받지 않고 힘에 겨운 일을 악착스럽게 해냄.

알아두면 힘이 되는 상식

항우(項羽)

중국 진(秦)나라 말기의 무장이다. 어릴 때부터 기골이 장대하고 힘이 세고 늠름하여 무인으로서의 소질을 갖추고 있었다. 숙부 항량과 함께 군사를 일으켜 유방(劉邦)과 협력하여 진나라를 멸망시키고 스스로 서초(西楚)의 패왕이 되었다. 그러나 그후 유방과 패권을 다투다가, 해하에서 포위를 당하자 자살했다.

시시 | 총 13획 | 부수 言 | 4급

정서나 감정을 말이나 글로 운율에 맞게 써나가는 '시'를 뜻하는 글자이다.

詩歌(시가) : 시와 노래를 통틀어 이르는 말.

詩人(시인) : 시를 짓는 사람.

漢詩(한시) : 한문으로 지은 시.

敍事詩(서사시) : 역사적 사실이나 신화, 전설, 영웅의 사적 등을 서사적인 형태로 쓴 시.

놀며 배우는 파자놀이

밭에만 가면 힘이 나는 것은?

» 田+力이니, 男(사내 남)이다.

봄빛은 옛날과 같은데

진사는 붓을 잡고 기록하고, 운영은 매우 자세하게 옛일을 이야기했다.

두 사람은 마주 보고 슬픔을 가누지 못하다가, 운영이 진사에게 말했다.

"그 다음은 낭군께서 말씀하시지요."

이에 진사가 이야기하기 시작했다.

운영이 자결한 날 모든 궁인이 통곡했지요. 마치 부모 형제를 잃은 듯했습니다.

곡성이 궁문 밖까지 들려, 저 또한 듣고는 오랫동안 정신을 잃었지요. 집안사람들은 초상이 났다며 장례 치를 준비를 하는 한편 소생시키려고 힘쓰니, 저물녘이 되어서야 겨우 깨어났습니다. 정신을 차리고 생각해 보니, 모든 일이 이미 끝난 것 같았습니다.

부처님께 공양하기로 한 약속을 저버릴 수 없고 또 구천의 혼을 위로하려고 금팔찌와 거울과 문방제구를 모두 팔아서 쌀 사십 석을 만들어 청녕사로 보내기로 했습니다. 그런데 믿고 그 일을 시킬 만한 사람이 없어서, 특을 불러오게 하여 말했지요.

"내 너의 지난 죄를 모두 용서해 줄 것이니, 이제 나를 위해 충성하겠느냐?"

특이 뜰에 엎드려 울며 말했습니다.

"제가 비록 어리석고 간악하지만 목석은 아닙니다. 제 지은 죄는 머리카락을 뽑아 세어도 다 세지 못할 것입니다. 그런 것을 용서해 주시니, 고목에 잎이 나고 백골에 살이 붙는 격입니다. 진사 나리를 위해 죽도록 힘을 다하겠습니다."

白 骨
흰백 뼈골
8급 5획 4급 10획

"내 운영을 위해 *초례를 베풀어 놓고 불공을 드리려고 하는데, 믿을 만한 사람이 없구나. 네가 가겠느냐?"

"삼가 분부대로 하겠습니다."

특은 곧 절에 올라가 사흘 동안 엉덩이를 두드리며 놀다가 중을 불러 말했답니다.

"쌀 사십 석을 어찌 모두 다 부처님께 바치겠소? 술과 고기를 많이 장만하여 널리 손님들을 불러 먹이는 게 좋을 것 같소."

그리고 마을 여자가 지나가는 것을 보고 협박하여 끌어들여, 승방에서 함께 자기를 수십 일이 지났는데도 불공드

• 초례(醮禮) : 혼인을 지내는 예식.

릴 생각을 하지 않더랍니다. 절의 중들이 분하게 여기다가, 불공을 드리는 날이 닥치자 말했습니다.

"불공을 드리는 데는 시주하는 이의 태도가 중요합니다. 이렇게 불결하면 안 되니, 맑은 시내에 가서 목욕하고 몸을 깨끗이 해서 예를 갖추어야 합니다."

특은 마지못해 나가서 잠깐 물을 묻히고는 불상 앞에 꿇어앉아 빌었습니다.

"진사는 오늘 빨리 죽고 운영은 내일 다시 살아나서 제 짝이 되게 해 주십시오."

伴
짝반
3급 7획

사흘 밤낮으로 기도드린 내용이 이것뿐이었답니다.

특이 돌아와서는 제게 말했습니다.

"운영 아씨는 반드시 살 길을 찾았을 겁니다. 불공을 드린 날 밤 제 꿈에 나타나서, 지성으로 불공을 드려 줘서 감사하다고 절하며 울더군요. 중들의 꿈 또한 그랬답니다."

저는 그 말을 믿었습니다.

마침 과거 시험이 멀지 않은 때였습니다. 저는 비록 과거에 나아갈 뜻은 없었으나, 공부한다는 핑계를 대고 청녕사에 올라갔습니다. 절에서 며칠을 머무는 동안 중들로부터 특이 한 일을 자세히 듣게 되었지요. 그 분통함은 이루 말할 수 없었지만 어쩔 수 없었습니다.

목욕재계하고 부처님 앞에 나아가 합장하고 엎드려 빌었지요.

"운영이 죽기 전에 한 말을 차마 어길 수 없어서 노복 특으로 하여금 지성으로 불공을 올리며 명복을 빌게 했습니다. 그러나 이제 그 기도를 들어 보니 패악함이 이루 말할 수 없고, 운영의 유언은 헛된 것이 되었습니다. 엎드려 바라건대 부처님께서 운영을 다시 살려 주셔서 저와 짝을 짓

게 하시고, 운영과 함께 후세에 가서 이 원통함을 면하게 해 주십시오. 또 특이란 놈은 죽여서 사슬에 묶어 지옥에 가두고 삶아서 개한테 던지소서. 부처님께서 이 소원을 들어 주신다면, 운영은 비구니가 되어 열 손가락을 불살라 십이층 금탑을 지을 것이며, 저는 비구승이 되어 *오계를 닦아 큰 사찰 세 채를 지어서 부처님의 은혜에 보답하겠습니다."

빌기를 마치고 일어나 머리가 땅에 닿도록 수없이 절을 하고 나왔습니다. 그랬더니 칠 일 만에 특이 우물에 빠져 죽었습니다.

井
우물 정
3급 4획

그후로 저는 세상일에 뜻이 없어 목욕하고 새 옷으로 갈아입고는 조용한 방에 누워 나흘을 먹지 않았지요. 그리고 길게 한숨을 쉬고는 결국 다시 일어나지 못했답니다.

진사는 쓰기를 마치고 붓을 던졌다. 두 사람은 마주보고 슬피 울었다.

유영이 위로의 말을 했다.

"두 사람이 다시 만났으니 소원이 이루어지고 원수인 종놈도 이미 없어졌으니 원한도 사라졌을 텐데, 어찌 그리 슬

• **오계(五戒)** : 불교의 다섯 가지 계율.

퍼 마지않는 겁니까? 다시 인간 세상에 나오지 못하는 게 한스럽습니까?"

진사가 눈물을 거두고 말했다.

"우리 두 사람은 원한을 품은 채 죽었으니, 염라대왕이 죄없는 것을 불쌍하게 생각하여 다시 인간 세상에 보내고자 했습니다. 하지만 지하의 낙이 인간 세상보다 못하지 않은데 천상의 낙은 어떻겠습니까. 그래서 인간 세상에 나오기를 원하지 않았습니다. 다만 오늘 저녁의 슬픔은 대군의 몰락을 안타까워한 것입니다. 고궁엔 주인이 없고 까마귀와 새들이 슬피 우는데, 사람의 자취가 없으니 정말 슬프기 짝이 없습니다. 게다가 전란을 겪은 후로 화려하던 집이 재가 되고, 옥 같은 섬돌, 분 같은 담장은 무너지고, 오직 섬돌 위에 꽃이 지천이고 뜰에는 풀만 무성하여 옛날처럼 봄빛을 자랑하는군요. 하지만 사람 일은 이와 같이 쉽게 변했으니, 다시 와서 옛일을 생각하면 어찌 슬프지 않겠습니까."

沒落
빠질 몰 떨어질 락
3급 7획 5급 13획

"그럼 당신들은 천상의 사람이오?"

"우리 두 사람은 본래 천상의 신선으로 오랫동안 옥황상제의 시중을 들었습니다. 하루는 옥황상제께서 저에게 하

늘 정원에서 과일을 따오라고 하시기에, *반도를 많이 따 가지고 와서 운영과 함께 먹다가 그만 발각되고 말았습니다. 그 때문에 인간 세상으로 유배당해 인간의 괴로움을 두루 겪은 겁니다. 그러다가 옥황상제께서 예전의 허물을 용서하시고 우리로 하여금 다시 시중을 들게 하셨기에, 그후 때때로 바람의 수레를 타고 와서 인간 세상의 옛 자취를 찾는 것뿐입니다."

김 진사는 눈물을 뿌리며 유영의 손을 잡고 말을 이었다.

"바다가 마르고 돌이 불에 탄다 해도 우리의 정은 없어지지 않을 것이요, 또 땅이 늙고 하늘이 거칠어져도 이 한은 사라지지 않을 것입니다. 오늘 저녁 당신과 만나 이와 같이 따뜻한 정을 나누었으니, 이 또한 전생의 인연이 있어서 가능한 것입니다. 엎드려 바라건대 당신은 이 원고를 거두어 가지고 돌아가 전하되, 껄렁한 사람들의 웃음거리가 되지 않도록 해 주시면 더할 수 없이 고맙게 여기겠습니다."

진사는 취하여 운영에게 몸을 기대고 시 한 수를 읊었다.

꽃 떨어진 궁중에 제비 날아들고

봄빛은 옛날과 같은데 주인은 간 곳이 없네.

• **반도(蟠桃)** : 삼천 년 만에 한 번씩 열린다고 하는 전설상의 복숭아.

하늘 높이 솟은 달은 차기만 한데
아직 푸른 이슬은 날개옷을 적시지 않았네.

운영이 이어서 읊었다.

고궁의 고운 꽃은 새로 봄빛을 띠는데
천 년 만 년 우리 사랑 꿈마다 찾아오네.
오늘 저녁 여기 와서 놀며 옛 자취를 찾아보니
금할 수 없는 슬픈 눈물이 수건을 적시네.

유영도 취해서 잠깐 잠이 들었다가, 산새 우는 소리에 깨어났다. 안개와 연기는 땅에 가득하고 새벽빛은 어스름했다. 사방을 둘러보아도 사람은 보이지 않고, 다만 김 진사가 기록한 책만 놓여 있을 뿐이었다. 유영은 쓸쓸한 마음을 금할 수 없어 머뭇거리다가 책을 거두어 가지고 돌아왔다.

그후 유영은 장 속에 책을 감추어 두고 이따금 펼쳐보면서 멍한 채 잠자고 밥 먹는 것도 잊었다. 나중에는 명산을 두루 찾아다녔는데, 어디서 그 삶을 마쳤는지 아는 사람이 없다고 한다.

핵심+ 사랑의 영원성

운영과 김 진사는 결국 자유로운 사랑을 구속하는 사회제도적 올가미에 굴복하고 만다. 그러나 이는 영원한 굴복이 아니었다. 땅에서 이루지 못한 사랑을 하늘에서나마 이루었기 때문이다. 하늘에서 이룬 운영과 김 진사의 사랑은 헛되이 사라져 버리는 인간의 부귀, 영화에 대비되어 그 영원성이 더욱 빛나고 있다. 이처럼 사랑은 죽음을 뛰어넘는 위대한 것이며, 누구나 가지고 있는 인간의 본성인 것이다.

好樂好樂 한자 노트

엎드릴복 | 총 6획 | 부수 人 | 4급

사람(人) 옆에서 개(犬)가 고개를 숙이고 꼬리를 내린다 하여 '엎드리다'의 뜻이다.

伏兵(복병) : 적을 기습하기 위해 적이 지날 만한 길목에 군사를 숨김. 또는 그 군사.

伏線(복선) : 소설이나 희곡 따위에서, 앞으로 일어날 사건에 대하여 미리 독자에게 넌지시 암시하는 서술.

屈伏(굴복) : 머리를 숙이고 꿇어 엎드림.

내가 찾은 사자성어

필발 간사할간 딸적 엎드릴복
發奸摘伏
발 간 적 복

내용 » 정당하지 못한 일이나 숨기고 싶은 일을 들추어 냄.

알아두면 힘이 되는 상식

옥황상제(玉皇上帝)

도가(道家)의 신 가운데 하늘의 최고 통치자이다. 용 무늬가 있는 예복을 입고, 머리에는 구슬 장식의 모자를 쓰며, 손에는 비취로 만든 의식용 명판을 들고 옥좌에 앉아 있는 모습으로 표현된다. 중국 송(宋)나라 때에는 도가를 숭상하는 황제들이 옥황상제의 숭배를 승인했으며, 유교의 최고 지도자와 같은 지위를 부여했다. 현재 타이완에서는 인간을 비롯하여 모든 생명 있는 존재를 담당하는 신으로 여겨지고 있다.

놀유 | 총 13획 | 부수 辶 | 4급

아이들이 깃발을 들고 뛰논다는 데서 '놀다'의 뜻을 가진다.

遊覽(유람) : 두루 구경하며 돌아다님.

遊興(유흥) : 재미있게 즐기면서 노는 일.

遊戲(유희) : 즐겁게 놂.

外遊(외유) : 외국에 여행함.

遊園地(유원지) : 유람이나 오락을 위하여 여러 가지 설비를 한 곳.

내가 찾은 속담

노는 입에 염불하기

» 아무 하는 일 없이 그저 노는 것보다는 무엇이든 하는 것이 나음을 비유적으로 이르는 말.

부록

등용문 첫 번째 관문

내용 되짚어 보기

임진왜란이 끝난 후의 어느 봄날, 지금의 청파동에 살던 '유영'이란 선비는 안평대군의 사저였던 수성궁에 놀러 간다. 수성궁 가운데서도 찾는 사람이 많지 않은 서원으로 들어간 유영은 바위에 앉아 소동파의 시를 읊조리며 가지고 갔던 술병을 풀어 다 마시고 취하여 잠이 든다. 잠시 후 깨어 주위를 살피던 가운데 어디선가 말소리가 들려 가 보니, 한 소년이 절세미인과 마주 앉아 있었다.

그들은 유영이 다가가자 일어나서 맞이했다. 그들은 '운영'과 '김 진사'였는데, 두 사람은 자신들의 슬픈 사랑의 이야기를 유영에게 들려준다.

그 이야기는 이러하다.

운영의 고향은 본래 남쪽 지방으로 부모님의 극진한 사랑 속에서 삼강오륜과 당나라 시를 배우며 성장했으나, 열세 살 때 안평대군의 부름에 따라 입궁했다.

풍류를 좋아하던 안평대군은 아름답고 재주가 뛰어난 궁녀 열 명을 뽑아 별궁에 두고 시와 문을 배우게 하며, 이들에게 궁 밖에 나가서도 안 되며, 궁 밖의 사람들 가운데 궁녀의 이름을 아는 자가 있어서도 안 된다는 엄명을 내린다.

그러던 어느 날, 외출에서 돌아온 대군이 궁녀들에게 시를 짓게 한다. 궁녀들의 시를 보고 난 다음 대군은 운영의 시 속에 외로이 사람을 그리워하는 정이 담겨 있음을 알고 운영을 추궁한다.

운영의 시에 외로움이 깃들인 사연은 이러하다.

하루는 김 진사라는 나이 어린 선비가 수성궁을 방문하여 시를 짓는데, 안평대군은 운영으로 하여금 벼루 시중을 들게 한다. 운영은 김 진사를 처음 본 순간부터 그를 사모하게 되고, 이후 김 진사는 수성궁을 자주 방문하게 된다. 그러나 서로 만날 수 없는 입장이어서 문틈으로 엿보다가 사랑하는 마음을 담은 시를 몰래 전한다.

이렇게 시작된 두 사람의 사랑은 다른 궁녀들과 김 진사의 노복인 특의 도움을 받아 수성궁의 담을 넘나들며 더욱 깊어 간다.

이로 인해 궁중 담 안 사람들 눈에 김 진사의 자취가 드러나게 되고, 운영이 지은 시와 김 진사가 지은 상량문에서 임을 그리워하는 마음이 있다면서 안평대군은 운영을 의심한다.

이에 자신들의 밀회가 드러날까 두려워한 운영은 궁을 벗어날 궁리를 하게 된다. 그러나 운영의 재물을 탐내던 김 진사의 노복 특이 배신하는 바람에 두 사람의 밀회는 탄로가 나고 만다.

크게 노한 안평대군이 운영과 다른 궁녀들까지 죽이려 하자 궁녀들마다 나서서 운영을 변호한다. 이에 분노가 누그러진 대군이 운영을 별궁에다 가두지만, 그날 밤 운영은 비단 수건으로 목매어 스스로 죽는다. 운영이 죽자 김 진사는 절에 가서 운영의 명복을 비는 재를 올린 다음, 슬픈 마음이 병이 되어 죽는다.

이야기를 마친 김 진사와 운영은 유영에게 자신들의 사랑을 세상 사람들에게 전해 달라고 당부한다. 유영이 다시

취중에 졸다가 깨어 보니 김 진사와 운영의 일을 기록한 책만 남아 있었다.

유영은 그것을 가지고 돌아와 명산대천을 두루 돌아다녔는데, 그가 삶을 어떻게 마쳤는지 아는 사람이 없다.

등용문 두 번째 관문

논술로 생각 키우기

1. 이 작품의 구성상의 특징을 써 보자.

2. 이 작품의 내용상의 특징은 무엇인지 생각해 보자.

3. 〈운영전〉에는 운영을 비롯하여 궁녀들이 등장하는데, 실제로 조선시대 궁녀는 어떤 일을 하는 사람들이고 어떤 생활을 했는지 아는 대로 써 보자.

4. 이 작품 가운데 정치적으로 불운했던 안평대군의 영화가 사라진 것을 상징적으로 드러낸 부분을 찾아보자.

5. 이 작품이 비극으로 끝나게 된 가장 결정적인 이유는 무엇인가?

6. 김 진사의 노복 특의 역할에 대해 써 보자.

7. 이 작품에서 무녀는 어떤 역할을 했는가?

8. 이 작품은 다른 고전소설과는 달리 사실성이 뛰어나다.
그 이유가 되는 것 몇 가지를 적어 보자.

9. 〈운영전〉에서 드러나는 안평대군이라는 인물의 성격에
대해 써 보자.

등용문 세 번째 관문

한자능력 검정시험 예상문제

다음 한자의 훈과 음을 써라.

1. 始

2. 孤

3. 歌

4. 遊

5. 寒

다음 낱말에 맞는 한자를 보기에서 찾아 (　) 안에 써라.

보기	化 殃 花 遺 貞 貴 驗

6. 시험 – 試(　)

7. 화장 – (　)粧

8. 정절 – (　)節

9. 유언 – (　)言

10. 재앙 – 災(　)

다음 한자의 상대 또는 반대되는 한자를 보기에서 골라 그 번호를 써라.

보기	樂 重 老 主 奴 中 低

11. 高 – (　)

12. 苦 – (　)

13. (　) – 客

14. (　) – 少

15. 輕 – (　)

다음 한자의 독음을 써라.

16. 音律

17. 端正

18. 沒落

19. 怨恨

20. 遺言

다음 문장에서 밑줄친 단어와 같은 뜻을 지닌 한자를 보기에서 골라 써라.

보기	愛 青 孤 書 淸 樂 苦

21. 이번 일요일에는 외로운 노인들을 찾아가 봉사할 생각이다.
22. 이웃을 내 몸같이 사랑하라는 것이 예수의 가르침이다.
23. 늘 즐겁게 사는 것이 젊게 사는 비결이다.
24. 푸른 바다를 보니 가슴이 탁 트이는 기분이다.
25. 쉽게 읽히는 것이 좋은 글이다.

다음 한자의 총획수를 써라.

26. 門
27. 救
28. 待
29. 歌
30. 草

다음 보기에서 골라 사자성어를 완성하라.

보기	寒 主 恨 西 秋 樂 住

31. (　　)風落葉

32. 安貧(　　)道

33. (　　)客顚倒

34. 東問(　　)答

35. 脣亡齒(　　)

다 풀었나요?

이제 여러분은 마지막 관문을 통과했습니다.

축하합니다.

〈두 번째 관문〉 논술로 생각 키우기 예시 답안

1. 〈운영전〉은 꿈속에서 일어난 일을 글로 옮긴 몽유록 형식의 소설로서, 비슷한 작품들과 마찬가지로 액자식 구성을 취하고 있다. 액자식 구성이란 소설(외부 이야기) 속에 또 하나의 이야기(내부 이야기)가 포함되어 있는 방식을 말한다. 〈운영전〉에서는 유영에 관한 이야기가 외부 이야기며, 김 진사와 운영에 관한 이야기가 내부 이야기다.

2. 고전소설 중 드물게 비극적 결말을 보인다. 또 조선시대 궁녀들의 자유 없는 생활과 고민을 상세히 표현하고 있으며, 사랑을 위해 죽음을 택함으로써 억압된 삶에 저항하고 인간성 해방과 자유연애를 쟁취하려는 사상을 보여주고 있다.

3. 궁중에서 왕과 왕비 등 왕족을 모시던 모든 여인들을 통틀어 궁녀라고 한다. 보통은 상궁과 나인만을 의미하지만, 나인들과 그 아래 무수리, 의녀 등이 모두 포함된다. 궁녀들은 주로 일상생활과 관련된 일을 했는데, 각각의 역할에 따라 소속 부서가 나뉘어 있었다. 왕의 침실을 담당하는 지밀은 왕과 가까이 할 수 있었으므로 가장 지위가 높았고, 다음으로 의생활과 관련된 침방과 수방, 식사를 담당하는 소주방, 음료 및 과자 등을 만드는 생과방, 빨래와 옷의 뒷손질을 맡은 세답방은 그보다 지위가 낮았다. 입궁 후 15년 정도 엄격한 교육을 받으면 정식 나인이 되어 일을 맡게 된다. 입궁 나이는 부서에 따라 차이가 있는데, 보통 4~5세부터 13세까지였다.

4. 수성궁이 전란으로 폐허가 되었다는 다음과 같은 배경 설명.

'전란을 겪은 지 얼마 안 된 때라 장안의 궁궐과 성 안의 화려했던 집들은 거의 사라지고 없었다. 부서진 담, 깨진 기왓장, 메워진 우물, 무너진 돌계단 사이에 초목이 무성하고, 오직 동쪽 행랑 두어 칸만 온전했다.'

5. 수성궁의 궁녀라는 운영의 신분, 봉건적 사회제도가 두 사람의 사랑을 죽음으로 끝날 수밖에 없도록 한 요인이었다.

6. 특은 결정적인 순간에 운영과 김 진사를 배반함으로써 그들을 죽음으로 몰았다. 따라서 주인공을 방해하는 반동인물이면서, 이 소설을 비극으로 만드는 역할을 맡은 인물이라고 볼 수 있다.

7. 처음 김 진사가 찾아갔을 때는 그를 유혹하려고 한다. 그러나 두 사람의 사랑이 죽음을 무릅쓴 지순한 사랑임을 알고 그들을 돕는다. 이후로 중간에서 편지를 전해 주며 두 사람이 만날 수 있도록 해 준다. 따라서 무녀는 운영과 김 진사의 사이를 이어 주는 매개자로서 중요한 역할을 한다.

8. 운영과 김 진사가 직접 자신들의 사랑 이야기를 하는 것, 궁녀들의 갇힌 생활과 그로 인해 몸부림치는 사랑의 한을 표현한 것 등이다. 이와 같이 〈운영전〉은 인간의 본성을 가로막는 제도의 모순과

궁녀들의 억눌린 생활 묘사 등 그 당시 사회가 안고 있는 여러 가지 문제를 생생하게 표현하고 있다. 또한 실제로 역사책에 나오는 '유영' 이라는 인물을 주인공으로 선택하여 작품에 현실감을 더해 주고 있다.

9. 이 작품에서 안평대군은, 겉으로는 품위 있는 행동을 보이며 도덕군자인 척하지만 밑바닥에는 위선이 깔려 있는 전근대적 사고를 지닌 인물로 표현되어 있다.

〈세 번째 관문〉 한자능력 검정시험 예상문제 해답

1. 시작 시
2. 외로울 고
3. 노래 가
4. 놀 유
5. 찰 한
6. 驗
7. 化
8. 貞
9. 遺
10. 殃
11. 低
12. 樂
13. 主
14. 老
15. 重
16. 음률
17. 단정
18. 몰락
19. 원한
20. 유언
21. 孤
22. 愛
23. 樂
24. 靑
25. 書
26. 8획
27. 11획
28. 9획
29. 14획
30. 10획
31. 秋
32. 樂
33. 主
34. 西
35. 寒

일석이조, 우리고전 읽기 004

운영전

초판 1쇄 인쇄 2007년 12월 20일
초판 1쇄 발행 2007년 12월 27일

지은이_ 작자 미상
글쓴이_ 이경애
펴낸이_ 지윤환
펴낸곳_ 홍신문화사

출판 등록_ 1972년 12월 5일(제6-0620호)
주소_ 서울시 동대문구 용두 2동 730-4(4층)
대표 전화_ (02) 953-0476
팩스_ (02) 953-0605

ISBN 978-89-7055-163-0 03810